호텔 해운대

호텔 해운대

오선영 소설집

차
례

호텔 해운대

"이어지는 노래를 잘 들으시고 특수효과음 자리에 들어갈 단어를 보내주시면 됩니다. 어렵지 않은 문제이니 귀 기울여 들어주세요. 문자메시지를 보내주신 분들 중 열분을 뽑아 모바일 커피음료권을 보내드리구요, 특별히 한분에게는 특급호텔 숙박권을 드립니다. 뽀송뽀송한 침구에서 꿀잠을 자고 일어나 마시는 모닝커피 한잔, 상상만 해도 기분 좋으시죠? 여러분이 바로 그 주인공이 될 수 있습니다. 귀를 쫑긋 세우고 들어주세요. 자, 음악 나갑니다."

아침 방송 디제이의 달콤한 목소리가 스피커를 타고 흘러나왔다. 아나운서 출신의 진행자는 정확한 발음과 다정하고 상냥한 말투로 수많은 고정 팬을 보유하고 있었다. 가끔씩 멘트 실수를 하거나 광고를 잘못 내보내는 경우가 있었지만, 그 모습조차 귀엽고 사랑스러웠다.

음악 퀴즈가 나오면 지각이다. 라디오 방송은 보지 않아도 되는 시계와 같았다. 정해진 시간에 광고가 나오고 음악이 흐르며 게스트가 등장했다. 엄마는 아침부터 시끄럽게 라디오를 켜놓았냐며 잔소리를 했지만, 수정에게 그것은 출근 준비용 안내방송과 같았다.

"떠나요, 둘이서 모든 것 훌훌 버리고 땡땡땡 푸른 밤 그 별 아래…… 외롭다고 느껴진다면 떠나요, 땡땡땡 푸른 밤 하늘 아래로."

노래가 나온다. 익숙한 멜로디에 수정은 저도 모르게 흥얼흥얼 노래를 따라 부르고 있다. 떠나요오, 둘이서어 모든 거얼 훌훌 버리고오 ― 제주도 푸른 밤 그 별 아래에 ― 수정은 원터치 마스카라로 속눈썹을 올리다가 스마트폰을 찾아 재빨리 문자를 보냈다.

정답 제주도! 언니 제주도 가고 싶어요. 회사생활에 찌든 직장인에게 제주도의 푸른 바다와 밤 하늘을 보여주세요. 제발요!

수정은 이전에도 라디오 방송에 사연과 퀴즈 정답을 보내 당첨된 일이 있었다. 모두 지역방송사의 프로그램이었다. 청취자가 한정된 지역방송은 참여하는 사람이 적었고, 그만큼 퀴즈 당첨 확률이 높았다. 특급호텔 숙박권, 대형 전자제품만큼 값비싼 상품은 아니어도 지역 소극장 관람권이나 새로 생긴 해수탕 입장권, 특정 시기에만 구입할 수 있는 햇과일 등은 생활에서 요긴하게 쓰였다.

노래가 끝나고 디제이가 다시 마이크를 잡았다.

"음악이 나가는 동안 많은 분들이 답을 보내주셨는데요. 퀴즈 정답은 바로 제주도였습니다. 1988년 발표된 최성원씨의 곡을 2004년 성시경씨가 리메이크한 버전으로 들으셨어요. 모바일 커피음료권을 받으실 분은요, 휴대전화 번호 뒷자리가 2057, 6737 이렇게 두분입니다. 나머지 분들은 정리해서 게시판에 올려놓을 테니 확인해주세요. 자, 대망의 특급호텔 숙박권을 받으실 분은 두구두구두구 바로오오 휴대전화 번호 끝자리 5136입니다. 축하드립니다!"

세상에! 5136은 수정의 휴대전화 번호 끝자리였다. 가운데 네자리가 다르지 않다면 호텔 숙박권의 주인공은 바로 그녀인 것이다. 노란 블라우스에 오른팔만 끼운 채 수정은 트램펄린 위의 아이처럼 팔짝팔짝 뛰었다. 지각은 생각나지 않았다. 제주도의 에메랄드빛 바다와 하얀 갈매기, 해변을 따라 늘어선 아기자기한 까페들, 챙이 넓은 모자와 커다란 꽃무늬가 프린트된 빨간 원피스, 테가 동그란 선글라스가 수정의 머릿속을 가득 채웠다. 쇼퍼백을 들고 회사로 출근하는 것이 아니라 18인치 캐리어 가방을 꺼내 공항으로 출발하고 싶었다.

＊　＊　＊

할 줄 아는 것이라곤 남들보다 일찍 출근하고 늦게 퇴근하는 것이 전부인 팀장은 이번 달에만 수정의 지각이 세번째라고 목소리를 높였다. 유치원을 보내야 하는 아이나 몸이 아픈 시부모가 있는 것도 아니면서 왜 지각을 자주 하는 거냐고 빈정거렸다. 그 말은 수정을 향한 동시에 육아휴직을 끝내고 복직한 최디자이너를 겨냥한 것이기도 했다. 팀장은 출판사 발전에 여직원들이 도움 되는 일이 없다며 여사원과 남사원 간의 임금 차등을 주장했다. 제 부인이 아이들을 유치원에 보내고, 몸이 아픈 조부모를 간병하기 때문에 자신이 일찍 출근하고 늦게 퇴근할 수 있다는 사실은 전혀 깨닫지 못했다.

수정은 선생에게 혼나는 중학생처럼 두 손을 모으고 서 있었다. 팀장이 하고 싶은 말을 실컷 할 수 있도록 시간을 주는 것만이 이 상황을 빨리 끝낼 수 있는 방법이었다.

"괜찮나?"

옆자리의 최디자이너가 말을 걸었다. 자신은 많이 겪은 일이어서 익숙하다는 듯 수정의 등을 어루만지며 위로했다. 수정은 고개를 끄덕이며 지각을 한 건 제 잘못이니 어쩔 수 없다고 답했다. 지각과 맞바꾼 제주도 특급호텔 숙박권이 있으니, 이 정도는 얼마든지 감당할 수 있다고 덧붙이고 싶었다. 신라호텔일까? 롯데호텔이나 해비치호텔인가? 특급호텔이면 5성급 호텔임이 분명한데…… 혀끝을 간질이는 초콜릿 같은 단어들을 애써 입속으로 삼켰다. 달콤한 호텔들이 초콜릿 속에 박힌 알사탕처럼 녹지 않고 남았다. 색색깔의 사탕 알갱이가 입안을 굴러다녔다. 수정은 혓바닥 위에 사탕을, 아니 호텔을 올려놓고 천천히 녹여 먹었다. 아이스 커피 속의 각얼음을 깨듯 아작아작 소리 내는 법이 없었다. 선홍색 혓바닥이 주황색, 보라색, 연두색으로 물들자, 텀블러 가득 생수를 받아 꿀꺽하고 삼켰다. 수정의 유일한 입사동기이자 밤 수유에 시달리느라 다크서클이 기미처럼 짙어진 최디자이너에게 차마 제주도 이야기를 할 수 없어서였다.

작은 회사였다. 사장을 포함해 전 직원 다섯명뿐인 부산의 작은 출판사였다. 수정의 명함을 받은 사람들은 대개 비슷한 반응을 보였다.

우와, 출판사 다니면 책 많이 읽으시겠네요? 저처럼 책 싫어하는 사람을 위해 재미있는 책 한권 추천해주세요.

열명 중 여섯, 일곱명이 동일한 질문을 했다. 그럴 때마다 수정은 상대의 기분이 상하지 않도록 입꼬리를 살짝 올려 어색한 웃음을 지어 보였다. 그럼 화학회사 직원은 화학물품 좋아하고 파스타집 알바생은 삼시세끼 파스타만 먹어요?라고 역질문을 하고 싶을 때가 종종 있었다. 하지만 저렇게 묻는 사람들이 그녀의 직업과 책에 대한 호기심, 좋은 의미의 관심과 경외감을 가지고 있다는 것 역시 알고 있었다. 책이란 물품에 대한 인식이 공업용 페인트나 크림 파스타와 같지 않다는 것도 말이다. 그렇기에 수정은 대형 온라인 서점의 베스트셀러 리스트 상위권에 있는 책 제목들을 파블로프의 개처럼 줄줄 읊으며 상대의 호의에 응답했다.

부산에 출판사도 있어요? 출판사는 다 서울이나 파주에 있는 줄 알았는데.

두번째로 많이 듣는 말이었다. 책 좀 읽는다는 사람들은 출판사와 작가 이름을 따져 가며 책을 샀다. 좋아하는 작가의 신작은 출간 알림 서비스를 신청해두고 초판을 구매했다. 특정 출판사의 북클럽에 가입하고, 분기별로 뽑는 서포터스에 지원했다. 회원들에겐 책보다 예쁘고 눈길을 끄는 굿즈들이 메인상품처럼 따라왔다.

수정은 두번째 질문을 받았을 때에도 어색하게 웃었다. 첫번째 질문을 들었을 때보다 더 당황했지만 입꼬리를 활짝 당겨서 더 크게 웃었다. 앞선 질문이 그녀의 직업에 대한 단순한 호기심이라면, 뒤의 물음은 그녀의 직장을 얕보거나 무시하는 의미로 들릴 때도 있었다. 마치 회사라면 삼성이나 현대만 있는 줄 알았는데 그런 '듣보잡' 회사가 있었나,라는 식으로. 콜라는 코카콜라와 펩시만 있는 줄 알았는데 815콜라라는 것이 있었느냐는 뜻으로 해석되기도 했다.

그때마다 수정은 지역문화예술계의 상황과 작은 출판사의 중요성, 문화의 획일화와 대형화에 저항하기 위한 여러 사례들을 나열하면서 제가 하고 있는 일의 필요성과 중요도에 대해 말하곤 했다. 목소리를 높였다가 낮추면서, 때론 상냥하고 다정하게, 어느 구절에선 웅변조로 장엄하고 강단 있게! 질문보다 몇배나 긴 답변이 기차에 매달린 화차처럼 줄줄이 이어졌다. 대답을 들은 질문자는 갸우뚱하던 표정을 고치고 수정의 말에 수긍했다. 수정은 질문자의 변화된 태도를 보며 뿌듯해하다가, 문득 회사명 하나로 제 존재를 인정받고 싶다는 생각을 했다. 화차가 없어도 기차 이름을 알 수 있는 KTX처럼, 명함 한장으로 더이상의 부연설명을 하지 않아도 되는 상황을 그려보기도 했다. 그러니까 이 땅의 콜라 역사를 바꾸기 위해 태어난 815콜라의 가치와 의의는 충분히 이해하고 납득하지만, 아무리 노력해도 815콜라가 코카콜라나 펩시가 되기는 어렵기 때문이었다.

사실 수정도 두번째 질문자들과 같은 질문을 하던 때가 있었다. 부산의 한 사립대학교 국어국문학과 학생이던 수정은 전공을 살려 취업하고 싶었다. 하지만 지방대학교 인문대학 출신의 이력을 가지고 전공을 살리는 것은 쌍봉낙타가 바늘귀를 통과하는 것보다 어렵고 힘들었다. 그나마 학과에 맞춰서 직업을 구하는 건 교직이수를 해서 국어과 임용시험에 통과하거나, 보습학원의 국어강사가 되는 길이었다. 대부분의 학생들이 경영학과, 경제학과 복수전공을 하면서 취업 준비를 했고, 혹은 일찌감치 학과 공부는 접어두고 9급 공무원 시험에 집중했다.

그렇기에 수정은 전공과 유사한 계열에 취업한 자신이 자랑스러웠다. 동기들은 단봉낙타도 아닌 쌍봉낙타 등에 앉아 바늘귀를 유유히 통과한 그녀를 부러워했다.

"운이 좋았지, 뭐. 니도 잘될 끄야."

수정은 수줍은 표정으로 자신만만하게 말했다. 비록 전 직원이 다섯명뿐인 소규모의 출판사에 다니지만, 편집자

혹은 에디터로 불리는 스스로가 대견했다. 동경하던 작가를 대면하고 취미였던 독서가 밥벌이가 되었으며, 모니터 속의 활자들이 물성을 지닌 책으로 나오는 과정에 참여할 수 있는 건 수정이 막연하게 꿈꿔온 일이었다. 이십대의 남은 희망사항이라면 박봉의 월급이 오르고 야근수당이 나오는 일, 그리고 오랜 연인인 민우가 취업에 성공하는 것뿐이었다.

스마트폰 액정 위로 '02'로 시작되는 전화번호가 떴다. 수정은 스팸이나 여론조사 전화인 줄 알고 빨간색 거절 버튼을 눌렀다. '051'로 시작되는 지역번호, '010'이 달린 휴대전화 번호가 아닌 곳에서 중요한 전화가 오는 일은 드물었다. 같은 번호로 다시 전화벨이 울렸다. 수정은 휴대전화를 들고 조용히 화장실로 갔다.

"안녕하세요? '당신의 아침' 작가입니다."

수화기 건너편에서 정확한 표준어 발음이 들렸다. 출판사 합격 전화를 받았을 때처럼 심장이 두근거렸다. 수정은 두 손으로 휴대전화를 잡고 공손하게 답했다.

"네에."

구성작가와 대화를 할수록 자신의 부산사투리가 도드라지게 들렸다. 어쩜 저렇게 정확하고 깔끔하게 표준어를 구사하는지. 내용물보다 포장지에 마음을 더 빼앗긴 아이처럼 그녀는 라디오작가의 발음과 억양에 귀를 기울이고 있었다. 그러다가 구성작가를 따라서 말끝을 살짝, 아주 살짝 올리며 표준어에 가깝게 대답하려 노력했다. 수정의 노력에도 상대방에겐 똑같은 부산사투리로 들릴 테지만 말이다.

"호텔 해운대 일박 숙박권이고요. 원하시는 날짜와 요일은 호텔 고객센터로 직접 연락해 예약하시면 됩니다. 2인 조식 포함 상품이며 수영장을 포함한 부대시설은 따로 계산하셔야 해요. 차액을 지불하시면 룸 업그레이드도 가능합니다. 그리고……"

"저기, 작까님. 제주도가 아니라 해운대라구요?"

설명을 듣던 수정이 말꼬리를 싹둑, 자르며 물었다. 그 바람에 리드미컬한 부산 억양과 센 발음이 날것으로 드러났다.

"네, 청취자님. 부산 해운대에 위치한 특급호텔 호텔 해운대 숙박권입니다."

그러니까, 특급호텔의 위치가 제주도가 아니라 부산 해운대란 말인가! 앞장과 뒷장이 바뀐 채 인쇄된 책을 발견했을 때처럼 관자놀이에 강력한 통증이 일었다. 「제주도의 푸른 밤」을 실컷 틀어놓고 해운대에 있는 호텔 숙박권을 주다니. 청취자를 우롱하는 것도 정도가 있지! 이러니 방송국 놈들 이상하다는 말이 나오는 거다.

전화를 끊고도 수정은 한동안 충격에서 벗어나지 못했다. 초콜릿 호텔이 염전 위의 소금이 되어 입속을 굴러다녔다. 짜고, 짜고, 짠맛. 혓바닥의 짠맛이 입천장과 잇몸, 사랑니까지 구석구석 들러붙었다. 입안이 소금강이 될 듯해서 종이컵에 노란색 믹스커피 두포를 뜯어 부었다. 달고 느끼한, 무게감 있는 액체로 소금들을 덮어버려야 했다.

* * *

화요일, 수요일 연차를 냈다. 지난주에 수정이 편집 담당을 했던 단행본이 무사히 출간되어서 가능한 일이었다. 작가는 편집팀장의 육촌의 아는 이웃이라는 육십대 수필가였다. 팀장은 수정에게 특별히 신경 써서 교정을 보고 피드백을 하라며 당부했다. 책은 작가의 인생 경험을 고스란히 녹인, 잠언록을 가장한 인생성공기였다. '스트레스를 받을 때는 히말라야 트레킹을 통해 마음을 비웠다, 울적한 날에는 아내와 함께 홋카이도 노천온천탕에 몸을 눕혔다, 다정한 이웃과 함께 18년산 프랑스 와인을 마시며 담소를 나누었다'와 같은 문장들이 처음부터 끝까지 종이를 좀먹었다. 이런 책을 사 보는 사람이 있기는 하나, 싶었지만. 금요일에 열린 출판기념회에서 손익분기점을 넘길 정도로 책이 팔렸다. 구매자들이 과연 책을 끝까지 정독할지는 의문이지만.

물론 수정이 담당했던 모든 책들이 비슷한 사정은 아니었다. 지역신문 신춘문예로 등단한 박의 첫 시집은 책장을 넘기는 게 아까울 정도로 좋았다. 사려 깊으면서 유머와 재치를 겸비한 시편들은 기존의 시 문법을 따르면서도 자신만의 독창적인 시세계를 구축하고 있었다. 수정은 그즈음 만나는 지인들에게 박의 시집을 선물하며 추천하고 다녔다. 하지만 작은 출판사의 재정으로는 대형 광고와 홍보를 하기 어려웠고, 인맥도 학맥도 모두 숙맥인 박의 시집은 물류창고 구석에 박스째 놓여야 했다.

어쨌든 팀장이 신경 쓰던 잔언록이 잘 나왔고 수정은 연차를 낼 수 있었다. 민우는 주말도 아닌 어정쩡한 화요일, 수요일에 호텔을 꼭 가야 하냐며 얼굴을 찌푸렸다. 수정은 그의 뜻을 이해하지만 주말은 추가요금이 있다고 설명했다. 택시 할증료만큼 두려운 추가요금이라는 단어 앞에서 민우도 더이상 말을 이어가지 못했다.

그렇게 디데이가 잡혔다. 수정은 주말 내내 호캉스 준

비로 여념이 없었다. 제주도가 아니어서 잠시 실망했지만, 공짜로 호텔 해운대 숙박이 어딘가 싶었다. 대중교통을 이용해 갈 수 있으니 경비를 절약할 수 있었다. 수험생인 민우에게도 큰 무리가 없을 듯했다. 생각해보면 수정은 부산에서 28년째 살고 있지만 해운대 특급호텔에서 숙박을 한 일이 없었다. 휴가철 해운대 앞바다에서 비키니를 입고 일광욕을 하거나, 마음이 울적할 때 즉흥적으로 해운대 겨울바다를 찾은 일 또한 없었다. 일년에 한두번 정도, 큰마음 먹고 예약한 고급 레스토랑에 가듯 그렇게 해운대를 찾았다. 부산 북쪽에 있는 수정의 집에서 해운대는 너무 먼 곳이었다.

서울로 대학을 간 고등학교 동창을 만났을 때 이런 대화를 했었다.

"니 가로수길, 이태원 가봤나? 평창동은?"

"그게 어딘데."

"니는 그것도 모르나. 왜 미니시리즈 보면 남녀 주인공이 가로수길에서 브런치 먹으면서 데이트하잖아. 주말연속극에서는 평창동입니다, 하고 전화 받고. 서울 사람들은 다 그기 가는 줄 알았는데."

"몰라. 내는 학교랑 기숙사만 와따 가따 한다. 술도 학교 앞에서만 마시고. 강남 한번 가봤는데 정신이 없더라."

"그게 뭐꼬? 서울 가면 좀 다를 줄 알았더니. 벨로네."

"뭐라카노, 니는 부산 산다고 맨날 회 처먹고, 밀면이랑 돼지국밥 먹다가 시원소주 마시면서 롯데 응원하고, 해운대 가서 바다수영 하나."

"그게 뭐꼬. 생각만 해도 끔찍하다, 야."

수정이 손사래를 치며 깔깔거리고 웃었다.

"내가 부산이 고향이라니까, 꽈 선배들한테 이 질문을 을매나 받는지 아나. 창문만 열면 바다 보이는 줄 안다니까. 그니까 니도 그딴 거 묻지 말라꼬."

마지막 문장을 말하며 친구는 꽤 진지한 얼굴을 하고 있었다.

부산, 해운대, 회, 밀면, 돼지국밥, 롯데.

친구와 헤어지고 수정은 두 사람이 나누었던 단어들을 다시 불러내보았다. 별 하나에 사랑과 별 하나의 추억처럼, 부산이란 단어와 어울리는 낱말들을 별 하나마다 짝을 지어보았다. 그것들은 제게 무척 익숙하고 낯익은 것이면서, 낯설고 먼 것이었다. 축구공, 연필처럼 질감을 가진 물건처럼 여겨지다가, 잡으려고 하면 손가락 사이로 빠져버리는 꿈이나 공기 같았다. 명확한 얼굴을 가진 듯하면서도 정확히 어떤 얼굴인지 알 수 없는 가면배우 같은 존재였다. 부산, 부산이라. 수정이 두 입술을 붙였다가

떼면서 '부산'을 부를수록, 그것은 어느 먼 타국의 지명처럼 이질적으로 느껴졌다.

초록색 검색창에 '호캉스'를 입력했다. 호캉스 준비물, 장소, 시기 등이 연관 검색어로 떴다. 그중 호캉스 준비물을 눌렀다. 샤워용품은 호텔에 구비되어 있으니 가지고 갈 필요가 없다, 치약과 칫솔은 없는 곳이 많으니 꼭 가지고 가라, 생수는 보통 두병을 주는데 부족하면 근처 편의점에서 사라 (호텔은 생수도 비싸다) 등의 글들이 나왔다. 게시글 밑으로 메탈 소재 캐리어 가방과 명품 로고가 찍힌 비키니 사진이 배치되어 있었다.

수정은 시험 준비를 하는 수험생처럼 필요한 내용을 스마트폰 메모장에 쓰고 화면을 캡처했다. 호텔 해운대 홈페이지에 들어가서 조식당 위치와 로비, 수영장과 피트니스 클럽을 확인했다. 능숙하고 세련되게, 모든 것이 익숙한 단골손님처럼 행동하고 싶었다. 준비를 하는 것만으로 이미 호텔에 가 있는 기분이었다. 주름 하나 없는 새하얀 시트 위에 민우와 누운 모습을 떠올렸다. 딱딱하던 손끝이 젤리곰처럼 말랑해지면서 두 뺨에 살짝 열이 올랐다. 큰맘 먹고 비싼 속옷도 구입했다. 다리와 겨드랑이 제모를 하는 것도 잊지 않았다. 손톱만 하던 상상이 주먹만큼 커지더니 열기구처럼 크게 부풀어 올랐다. 열기구를 탄 수정과 민우 앞으로 상상과 망상, 열망과 욕망이 무지갯빛 파노라마처럼 펼쳐졌다. 그녀는 각기 다른 색깔과 표정을 지닌 빛들에 첨벙, 하고 몸을 던졌다. 파도의 날개를 따라 빨강에서 보라까지 마음대로 헤엄쳐 다녔다. 그러다가 홀로 한 상상임에도 괜히 겸연쩍어져 헛기침을 했다.

이번 호캉스는 민우를 위한 이벤트이기도 했다. 수정과 민우는 캠퍼스 커플이었다. 수정은 국어국문학과, 민우는 사회학과 학생이었다. 두 사람은 '문학과 영화의 세계' 수업에서 같은 조원이었으며, 과제를 위해 도서관과 영화관을 드나들다가 사귀게 되었다. 독립영화, 예술영화 마니아인 민우는 조별 발표 때도 든든한 아군으로 활약했다. 교수님을 비롯하여 다른 학생들이 어떤 질문을 해도 머뭇거림 없이 답변했다. 그런 복학생의 모습이 수정에겐 지적이고 패기 있어 보였다.

민우와 함께 센텀 영화의전당, 서면CGV ART관, 모퉁이극장을 순회하며 취향과 취미를 공유했다. 가끔씩 부산에서 상영하지 않는 독립영화를 보기 위해 고속버스를 타고 대구의 독립극장을 찾았다. 원플러스원 행사를 하는 편의점 삼각김밥과 캔커피를 들고 대구행 고속버스에 올랐을 때, 그녀는 자신처럼 창백한 영혼을 지닌 그를 만나서 다행이라고 생각했다. 수정이 먼저 취업을 하고, 민우가 공무원 시험 준비를 하면서 예전처럼 두시간짜리 영화를 보고 세시간 동안 영화평을 주고받는 일은 줄어들었지만, 수정은 두 사람이 여전히 핑크빛 로맨스 안에 있다고 믿었다.

"인부산 하고 싶다, 인부산."

민우가 부산시 9급 공무원 시험 경쟁률을 보고 와서 말했다.

부산에서 태어나 부산에서 자랐고, 부산에서 살고 있는 민우는 앞으로도 부산에서 쭉 살고 싶어 했다. '인서울' '인수도권'을 외치며 다른 지역으로 취업을 꿈꾸는 이도 많았지만 지방에 사는 이십대가 모두 똑같은 희망사항을 지닌 건 아니었다. 민우에게 '인서울'은 '아웃부산'의 다른 말이었다. 부산에서 일자리를 구하지 못한 이들이 살아온 터전에서 추방됨을 뜻했다. 그러나 그런 그의 바람에도, 부산시 공무원 채용인원은 해마다 줄었고, 경쟁률은 해마다 신기록을 세웠다. 수정이 퇴근 후 좋아하는 감독의 신작영화를 보러 가자 해도, 민우는 행정법 특강 운운하며 거절하는 일이 빈번해졌다.

그래서 수정은 이번 호캉스를 잘 보내고 싶었다. 공부에 지친 민우에게 휴식의 시간을 주고 싶었고, 살짝 멀어진 듯한 두 사람의 관계도 회복하고 싶었다. 서비스가 좋은 특급호텔에서 푹 쉬고 나면 민우도 힘내서 공부할 수 있을 것 같았다.

"엄마, 우리 캐리어 으디 있는데? 접때 엄마 중국 여행 갈 때 들고 간 거 있잖아."

수정이 거실로 나오며 물었다.

"즈기 베란다 창고 함 봐라."

주말연속극 재방송을 보고 있던 엄마가 턱끝으로 베란다를 가리켰다. 창고에는 파란색 김장봉투 대(大)자에 넣어둔 분홍색 캐리어 가방이 있었다. 엄마는 비닐 입구를 몇번이나 돌려서 꽁꽁 묶어놨다. 수정은 새로 붙인 네일 스티커가 떨어진 줄도 모른 채, 매듭을 푸는 데 집중했다. 캐리어 가방은 깨진 부분 하나 없이 깨끗했다. 먼지만 털어서 사용하면 되겠네. 그녀는 흐뭇한 표정으로 가방을 제 방으로 옮겼다.

청춘산악회 10주년 기념 중국 장가계 여행

수정의 눈에 파란색 잉크로 선명하게 박아 놓은 문구가 들어왔다. 이게 뭐야! 엄마의 지인들로 구성된 산악회 기념여행용으로 만든 가방이란 걸 깜박했다. 수정은 돌하르방처럼 우두커니 서 있다가 서랍에서 캐릭터 스티커를 가져와 글자 위에 붙였다. 스티커를 붙이면 붙일수록 더 조잡해졌다. 스티커를 떼어내고 매니큐어용 아세톤과 화장솜을 가져왔다. 하얀 화장솜에 아세톤을 흠뻑 적셔 글자 위에 문질렀다. '청춘산악회'가 '저주사악회'로 변하더니 '수히'로 바뀌었다. 그와 동시에 분홍색 가방의 본체 커버도 함께 벗겨졌다. 공기구멍이 뚫린 현무암처럼 분홍색 캐리어 가방 위로 하얀 동그라미들이 생겼다.

수정은 점점 커지는 하얀 점들을 보며 아랫입술을 잘근잘근 깨물었다. 두 눈이 뻑뻑해지면서 눈물이 날 것 같았다. 백팩을 메고 호텔에 가고 싶지 않았다. 손잡이를 길게 뺀 캐리어 가방을 끌며 호텔 로비로 폼 나게 입장하고 싶었다. 어쩔 수 없이 남은 스티커를 다시 붙였다. 분홍색 가방에 노란색 카카오프렌즈 캐릭터들이 찰싹찰싹 달라붙었다. 여행 가는 게 기쁜지 캐릭터들은 어금니가 보이도록 과장되게 웃고 있었다.

* * *

약속 장소는 서면 쥬디스태화백화점 앞이었다. 민우가 오전 공부를 마친 후, 학원과 가까운 곳에서 보기로 했다. 수정은 준비해둔 꽃무늬 원피스를 입고 챙이 넓은 모자를 쓴 뒤, 분홍색 캐리어 가방을 끌고 서 있었다. 마치 부산으로 휴가를 온 관광객처럼 보였는데 수정은 그런 제 모습이 무척 마음에 들었다.

저 멀리 민우가 보인다. 수정은 민우를 향해 웃으며 손을 흔들다가 점차 표정이 굳어졌다. 민우가 거북이 등껍질처럼 보이는 초록색 가방을 또 메고 나타난 것이다. 저 놈의 백팩! 힘들면 거북이처럼 가방 속으로 머리를 숨기겠다는 건지. 그는 어딜 가든 학원 가방을 애착인형처럼 끼고 다녔다. 민우가 가까이 올수록 그의 옷차림이 구체적으로 드러났다. 검은 면바지에 남색 후드티셔츠, 뒤축이 닳은 아디다스 운동화. 수정은 민우의 차림을 훑어보다가 얇은 면바지 위로 그의 야윈 다리가 드러나자, 입을 우물거려 굳은 표정을 풀었다.

"자기야, 지하철 타러 가자."

민우가 수정의 분홍색 가방을 번쩍 들고 앞장섰다.

"해운대역까지 몇 코스고?"

수정이 검지손가락으로 2호선 노선표를 따라가보았다. 서면, 전포, 문현, 지겟골…… 센텀시티, 벡스코, 동백, 해운대. 열여섯개의 역을 통과해야 했다. 수정은 지하철 3호선을 타고 연산역에서 내려 1호선으로 갈아탄 뒤 서면까지 왔던 터였다. 이제 2호선을 타고 해운대로 가야 한다. 하루 동안 부산시 지하철을 다 타는 것 같네. 비행기를 타고 제주도를 가는 것도 아닌데 벌써부터 지쳤다. '우리 택시 탈까?'라는 말이 그녀의 목구멍을 간질였다. 민우의 주머니 사정을 뻔히 아는데 택시비를 내라고 할 순 없었다. 그것은 오롯이 말을 꺼낸 수정의 몫이 될 게 분명했다. 호텔 '추가 비용' 앞에서 말문이 막혔던 민우처럼 수정도 택시비 앞에선 더이상 말을 이을 수 없었다.

열여섯개 역을 지나 해운대역에 도착했다. 활주로에 착륙한 비행기처럼 2호선 지하철이 역사 안으로 안착했다. 평일인데도 해운대역에서 내리는 사람이 많았다. 민우와 수정은 입국심사대를 통과하듯 단말기에 띡, 교통카드를 찍고 지하철역을 벗어났다.

"으음, 바다 내앰새!"

출입구를 나오자 수정이 양팔을 날개처럼 펼치며 소리쳤다. 짭조름한 바다향, 철썩이는 파도소리, 백사장에는 하얀 갈매기들이 떼를 지어 날아다닐 것 같았다.

"바다는 무신, 저까지 한참 걸어가야 된데이."

민우는 그런 수정의 모습이 귀여운지 피식 웃었다. 역사 앞에는 때에 찌든 살찐 비둘기들이 무리 지어 날아다녔다.

두 사람은 호텔 해운대를 향해 걷기 시작했다. 3번 출구로 나와 라마다앙코르 해운대 호텔을 끼고 직진했다.

다행히 보도블록을 재정비해서 캐리어 가방을 끄는 데 불편이 없었다. 양옆으로 돼지국밥집과 밀면집, 순대가게가 촘촘하게 붙어 있었다. 편의점과 치킨집, 호프집, 노래방도 줄줄이 이어졌다. 문틈으로 돼지국밥, 밀면, 순대, 치킨 냄새가 새어 나왔다. 오묘하게 섞인 음식 냄새는 적당히 식욕을 자극하는 듯하면서 입맛이 떨어지게 만들었다. 잔가지처럼 난 골목 사이로 모텔과 여관, 여인숙 간판들이 한낮에도 불을 밝히고 있었다.

쌔앵, 빨간색 포르셰가 두 사람 옆을 지나갔다. 열심히 걷던 수정이 그 자리에 멈춰 섰다. 꽃무늬 롱원피스가 땀에 젖어 다리에 척척 감겼다. 「바다의 왕자」와 「해변의 연인」을 틀어놓은 노래방 유리창을 거울 삼아 원피스를 고쳐 입었다. 민우는 말없이 캐리어 가방을 끌고 앞서 갔다. 플라스틱 바퀴가 달그락거리며 시끄럽게 울었다. 그의 초록색 힉원 가방과 그녀의 분홍색 캐리어 가방이 묘하게 보색 대비를 이루었다. 언뜻 보면 민우는 호캉스가 아니라 독서실에서 고시원으로 이사 가는 수험생처럼 보였다. 한참을 걸으니 해운대 주도로가 나타났다. 횡단보도 건너편은 정말 해운대 '바다'였다.

"좀만 더 힘내. 이제 다 와 간데이."

민우가 뒤를 돌아보며 응원했다. 수정은 그런 민우를

향해 두 주먹을 쥐어 보였다. 체크인만 하면 이건 아무것
도 아니다. 호텔 해운대 공짜 숙박이 어딘가. 자신에게 파
이팅을 불어넣으며 씩씩하게 걸었다.

해운대 주도로에서 왼쪽으로 꺾은 뒤, 백 미터를 걸어
가 양갈래 길에서 다시 오른쪽으로 방향을 틀었다. 거기
서 또 오십 미터를 걸어가니 호텔 해운대가 나타났다. 최
근 신관을 오픈한 호텔이 늠름한 자태를 뽐내고 있었다.
잘 가꾸어진 나무와 잔디밭, 이름 모를 조각상들이 두 사
람을 맞이했다. 국제 모터쇼에 온 듯한 착각이 들 만큼 화
려하고 생경한 외제차들이 주차되어 있었다. 수정은 민
우에게 다가가 카카오프렌즈 스티커가 보이지 않게 캐리
어 가방의 방향을 돌리라고, 조용하지만 짜증이 묻은 말
투로 말했다.

"세금 십 프로, 봉사료 십 프로는 개인부담이어서 지불
해주셔야 합니다. 디파지트는 카드 주시면 오픈해드리고,
체크아웃 때 취소됩니다, 고객님."

단정한 인상의 호텔리어가 상냥하게 말했다.

"예? 이거 이벤트 당첨돼서 받은 건데요. 제 돈으로 온
게 아니라."

"네, 고객님. 그런데 세금을 포함한 부가세는 개별부담
이라고 안내되었을 건데요. 주최 측에서는 숙박비와 조식

비를 담당하고요. 부가세는 고객님 개별부담입니다."

전혀 예상을 못한 일이었다. 수정의 손끝이 딱딱하게 굳고 입술이 바싹바싹 말랐다. 등줄기를 따라 끈끈한 땀이 흘러내렸다. 이번 달 남은 생활비와 다음 달 카드값을 재빨리 셈해보았다. 데스크 앞에 서 있던 호텔리어가 한 발짝 뒤로 물러났다.

그때, 수정의 뒤에 서 있던 민우가 앞으로 성큼 나오더니 네모난 체크카드를 내밀었다.

"이걸로 결제해주세요."

낮고 굵은 목소리로 정확하게 말했다. 수정은 자신을 대신해 교수님의 질문에 답하던 똑똑하고 패기 있던 민우를 떠올렸다. 그때나 지금이나 그는 어떤 상황도 막아내는 든든한 조원이었다. 하지만 추억 속의 민우를 채 복원하기도 전에 수정은 보고야 말았다. 결제 사인을 하는 민우의 손이 가늘게 떨리는 것을. 그의 목소리에 잔뜩 묻은 물기와 곱등이처럼 웅크린 어깨를. 저 돈이면 민우가 학원 식당에서 돼지불백을 일주일 이상 먹을 수 있을 텐데…… 내가 무슨 일을 저지른 거지…… 그렇다고 숙박을 취소하고 나가자는 말을 할 용기도 없었다. 내가 호캉스를 얼마나 기다려왔는데. 부가세를 내도 호텔 숙박비를 생각하면 남는 장사 아닐까. 그동안 데이트 비용을 담당했으니 민우가 이 정도는 해도 괜찮겠지. 수정의 머릿속으로 수십가지, 수백가지 질문과 대답, 의심과 회의들이 밀물처럼 몰려왔다 썰물처럼 빠져나갔다.

"이야, 경치 죽이네!"

커튼을 걷자 해운대 바다가 한눈에 들어왔다. 점성이 강한 파란색 바닷물이 출렁출렁 춤을 췄다. 유리창 전면에 채도가 높은 파란색 잉크를 잔뜩 풀어놓은 것 같았다. 바다의 흰 꼬리를 따라가면 아스라한 수평선에 가닿았다. 십오층 호텔 테라스에서 내려다본 해운대 바다는 정말 이국적이었다. 수정은 이 바다가 제가 알고 있는 해운대가 맞는지 의심스러울 정도였다. 까칠까칠한 모래사장에 앉아서 본 풍경과 전혀 다른 모습이었다. 궁에서 베르사유 정원을 본 태양왕의 심정이 이랬을까. 저 넓은 바다를 내 집 마당처럼 한눈에 내려다볼 수 있다는 것이.

"오길 잘했제?"

수정이 민우의 어깨에 머리를 기대며 물었다. 민우가 수정의 어깨를 팔로 감싸 안았다. 막 연애를 시작하던 대학시절처럼 사랑스러운 눈으로 바라보더니 수정의 입에 자신의 입술을 포갰다. 하얀 갈매기 떼가 파도소리를 물고 날아왔다. 시원한 파도소리에 부가세가 쓸려 내려갔다.

민우와 수정은 십분째 호텔 이층의 중식당 메뉴판을 보고 있었다. 자장면 18,000원, 황제짬뽕 39,000원, 탕수육 42,000원. 다행히 부가세 포함이었다. 롱원피스를 예쁘게 입으려고 어제 저녁부터 굶은 수정은 허기가 지다 못해 뱃가죽이 등에 붙을 것 같았다. 당장 식당으로 들어가 음식 주문을 하고 싶었지만, 민우의 손을 잡고 식당 앞을 벗어날 수밖에 없었다.

　　호텔에서 나와 해운대 지하철역 쪽으로 발길을 돌렸다.

　　"누가 뭐라 캐도 부산 사람한텐 국빱이 최고제."

　　민우가 수정의 손을 잡으면서 말했다. 말을 하면서 무언가 미안한 듯 수정의 눈을 살짝 피했다. 수정은 민우를 이해하면서도 속상했고, 그런 자신이 속물적으로 느껴지다가도 고급 레스토랑을 매점처럼 다니는 친구의 인스타그램이 떠올라 다시 속상해졌다.

　　"시험만 붙으면 호텔 쭝국찝에서 탕수육 사줄께."

　　"아이다, 내 돼지국빱 진짜 좋아한다 아이가."

　　수정이 민우의 손에 깍지를 끼면서 더 크게 대답했다.

　　"그래도 아이스 아메리카노는 스타벅스에서 먹을 거데이. 여기 스벅이 찐 씨뷰라서 좋다더라."

　　민우가 수정의 통통한 볼을 살짝 꼬집으며 고개를 끄

덕였다. 두 사람은 첫 데이트를 하는 연인처럼 두 손을 잡고 돼지국밥집으로 향했다. 민우의 마른 손이 따뜻했다. 얼큰하게 취한 중년의 남녀가 좁은 여관 골목으로 사라졌다. 수정은 자신이 그들과 같은 골목으로 들어가지 않아서 다행이라고 생각했다.

밤의 해운대는 낮과는 또 달랐다. 분주하고 시끄럽던 곳이 적당히 차분하면서 활력이 돌았다. 수입 맥주를 손에 든 관광객들이 백사장에 들어섰다. 목줄을 한 시베리안 허스키가 등산복을 입은 주인과 산책을 했고, 버스킹을 하는 긴 머리 남자도 있었다. 백사장을 따라 초고층 빌딩들이 줄지어 있었다. 밤이 깊어갈수록 빌딩들은 보석처럼 반짝거렸다. 그 빛들 때문에 밤하늘의 별이 하나도 보이지 않았다.

수정은 샷을 추가한 아이스 아메리카노를, 민우는 휘핑크림을 듬뿍 올린 캐러멜마끼아또를 들고 걸었다. 민우가 「여수 밤바다」를 허밍으로 부르자, 수정이 여수를 부산으로 바꾸며 따라 불렀다. 바닷바람이 불어와 한낮의 더위를 식혀주었다.

두 사람은 국밥집을 나오면서 다시 손을 잡았다. 다정하고 다정하게, 손바닥에서 땀이 날 정도로 손을 꼭 잡았다. 다정함 이상은 더 가진 게 없다는 듯, 화려하게 차려입은 사람들 속에서 자신들의 소박한 순정이 빛나길 바란다는 듯, 손을 놓으면 모래더미 속으로 빠지기라도 할 것처럼 절대로 손을 놓지 않았다.

눈을 떴다. 수정은 자신이 누워 있는 곳이 어딘지 잠시 생각해보았다. 하얀 시트와 포근한 침구, 주황색 조명과 하늘거리는 커튼, 호텔 해운대였다.

"잘 잤나?"

민우가 테라스 앞에 서 있었다. 커튼 사이로 파란 하늘과 해운대 바다가 보였다. 수정이 말없이 고개를 끄덕였다. 오랜만에 꿈도 꾸지 않고 단잠을 잤다. 비싸고 좋은 침구 덕분이 아닐까, 하고 수정은 생각했다. 민우가 커튼을 열었다. 팔짱을 끼고 말없이 바다를 바라보았다. 수정이 스마트폰으로 시계를 확인했다. 조식 먹고 체크아웃해야겠네. 언제 다시 와볼까. 민우가 원했던 주말 숙박을 하려면 돈이 더 많이 들겠지. 그런 생각이 들자 호텔 서비스를 더 누리지 못한 것이 아쉬웠다. 1박 2일은 생각보다 짧았고, 호텔에서 즐길 수 있는 무료 서비스는 예상한 것보다 적었다. 천천히 객실 안을 훑어보았다. 호텔명이 나오게 셀카를 찍어 인스타그램에 올렸다. 쓰지 않은 어메니티는 파우치 안에 챙겼다. 민우가 행정직 9급 공무원이 되어도

5성급 호텔에 편하게 올 수는 없을 것이다. 민우도 매달 카드값에 힘들어할 거고, 퇴직과 이직 사이에서 고민하다가 월요일이 오면 꾸역꾸역 출근을 하겠지. 우리가 쥘 수 있는 건 서로의 마른 손이지 호텔 카드키가 아닐 것이다. 수정은 자꾸만 이런 생각을 하는 자신이 원망스러워서 민우를 향해 다가갔다.

　민우는 여전히 테라스 앞에 서 있었다. 수정이 가까이 와도 말없이 바다만 바라보았다. 허리에 손을 올리고 발을 어깨 넓이로 벌리고 섰다. 바다를 보는 것 같으면서 다른 생각을 하고 있는 듯했다. 수정이 민우에게 팔짱을 껴도 아무런 반응이 없었다. 그 순간, 수정은 보았다. 민우의 눈이 무언가로 꿈틀거리고 있었다. 수평선보다 더 멀리, 바벨탑보다 높게 솟아올랐다. 제가 가진 것보다 더 많은 것을 가지고 싶다는, 가지려는 눈. 수정은 자신이 한 생각을 민우도 할 수 있다는 사실을 짧은 순간 깨달았다. 그리고 민우가 원하는 것을 자신이 줄 수 없다는 것도. 수정의 손바닥이 얼음덩어리를 움켜쥔 것처럼 차가워졌다. 팔짱을 빼면서 한 발자국 뒤로 물러났다. 그럼에도 민우는 아무런 반응을 하지 않았다. 퉁퉁하게 살이 찐 하얀 갈매기들만이 파도소리를 음악 삼아 유유히 날아다니고 있었다.

우리들의 낙원

퇴근 후, 남편은 작은방에서 꼼짝도 하지 않았다. 저녁밥을 먹는 둥 마는 둥, 좋아하는 꼬막무침과 연근조림 앞에서도 반응을 보이지 않았다. 시간에 쫓기는 고시생처럼 입속에 음식을 밀어 넣고는, 잘 먹었다는 말도 없이 작은방으로 사라졌다. 내심 신경 써서 만든 반찬이 냉장고 구석에 처박혀 있던 냉동식품 취급을 받은 기분이었다.

처음에는 회사에서 못 끝낸 잔업이 있나 싶었다. 같은 부서의 사원 한명이 사표를 냈다고 했다. 적은 임금과 고강도 업무, 경직된 사내 분위기에 자신의 미래와 비전을 걸 수 없다면서 말이다. 남편은 사원의 말에 동의하며 미래가 창창하니 진취적으로 앞날을 개척해 나가라는 조언과 격려를 해줬다고 말했다. 물론 그 말은 삼십대 초반의 미혼 남성에게 해당하는 것으로, 가장인 자신은 그렇게 사표를 쓸 일이 없다는 말을 각주처럼 덧붙였다. 남편의 조언은 훌륭했지만 그후, 과장과 사원으로 구성된 부서의 일은 모두 남편에게 돌아왔다. 잔업도 하루 이틀이지, 주중뿐 아니라 주말에도 작은방 컴퓨터 앞에 앉아 있는 것은 도무지 이해가 되지 않았다.

방문에 살짝 귀를 대어보았다.

탁탁, 타닥타닥…… 타타타탁탁, 탁!

빠르고 짧게 마우스를 클릭하는 소리, 뒤이은 정적. 다시 키보드를 두드리는 소리가 의미 없는 후크송처럼 반복되었다. 남편이 PC게임에 빠졌나 싶었다. 하지만 이십대에 친구들이 스타크래프트에 빠져서 PC방 24시간 정액권을 끊을 때에도 무관심했다던 남편이다. 뒤늦게 게임에 빠졌을 가능성도 있지만, 윤후에게 뽀로로 동영상을 보여주는 시간조차 제한하는 남편이 저녁 내내 게임을 할 확률은 낮아 보였다.

"윤후 아빠, 요즘 작은방에서 뭐 해?"

"으응…… 뭐 좀 한다고. 나중에 말해줄게."

그렇게 며칠이 지났다. 저녁 설거지를 끝낸 뒤 윤후와 거실에서 상어가족 스티커를 뗐다 붙였다 하며 놀고 있었다. 작은방 문이 활짝 열리더니 남편이 거실로 걸어 나왔다. 마치 가정용 망원경으로 이제껏 발견되지 않은 미확인 소행성을 찾은 사람처럼 의기양양하게 말이다.

"우리 주택청약통장 있지?"

"응."

"얼마나 됐지?"

"윤후 태어났을 때 들었으니 만 삼년 좀 지났겠네."

"삼백만원 만들어졌지?"

남편이 거듭 확인을 했다. 응, 나는 대답을 하고 스티커
북으로 고개를 돌렸다. 아빠상어, 엄마상어, 아기상어가
바닷속 용궁으로 유유히 헤엄쳐 들어가고 있었다. 윤후가
엠보싱이 들어간 폭신 스티커로 용궁의 외벽을 꾸몄다.

"오케이, 그거면 됐어!"

남편이 청소년 드라마 속 주인공처럼 다부지게 주먹을
움켜쥐었다.

"저기 온천장 일대랑 T아파트가 재개발된대. 현대가
대단지 아파트 짓는다고 확정했다더라. 대기업 시공사에
상권이랑 교통까지 끝내줘서 당첨되면 바로 그날로 프리
미엄 붙을 거야. 거기가 전통적인 교육 동네여서 학군까
지 좋잖아. 윤후 학교 갔을 때를 생각해도 이득이지."

윤후에게 불가사리 스티커를 쥐여주고 남편을 쳐다보
았다. 남편의 가늘게 찢어진 두 눈이 막연한 설렘과 기대
감으로 반짝였다.

"그거 신문에 공고 다 난 거야."

국회의원들만 공유한다는 도로계획이나 도시재생사업, 그것도 아니면 아파트 통장만 돼도 미리 알 법한 도로 포장공사 소식도 아니고. 신문, TV, 라디오 심지어 버스 옆면의 광고판에까지 붙은 정보를 저렇게 순진한 얼굴로 말한다니. 작은방에서 며칠을 끙끙거린 이유가 고작 저런 이야기를 하기 위해서였나 싶었다.

"그래, 근데 나처럼 투자가치를 정밀 분석한 사람도 없을 거야. 남들이 하는 카더라 통신이 아니라 주변 시세랑 거래, 최근 삼년 이내 매매 가격까지 진짜 면밀하고 꼼꼼하게 살펴봤기 때문에 할 수 있는 말이야. 회사에서 프로젝트 따낼 때보다 더 열심히 알아봤어. 그러니까……"

남편이 나와 윤후 앞에 양반다리를 하고 앉았다. 본격적으로 이야기를 꺼내겠다는 듯 사뭇 비장한 표정이었다.

"당첨이 돼서 이사를 했을 때나 가능한 일이지."

나는 파란색 아빠싱어 미리에 황금 왕관을 붙이며 남편의 입을 막았다.

남편이 나와 윤후를 위해 열심히 사는 것은 잘 알고 있었다. 그는 성실하고 다정한 남편이자 아빠였다. 늘어나는 생활비와 교육비를 걱정하고, 남은 정년과 퇴직금을 계산하면서 우리 가족의 미래와 노후를 설계하는 사람이었다. 그러나 정성을 쏟고, 마음을 기울인다고 해서 밤하늘의 별 같은 이야기까지 너그럽게 받아들일 수 있는 건 아니었다. 더욱이 남편이 말하는 미확인 소행성에 함께 열광하기엔 나는 육아와 집안일로 지쳐 있었다. 그가 찾은 별이 이미 오래전에 발견돼서 누구나 알지만, 누구도 쉽게 갈 수 없는 북극성이라는 것도 문제였지만 말이다.

그사이 윤후는 용궁 입구에 해파리와 오징어, 문어, 조개 스티커를 덕지덕지 붙여놨다. 복잡하고 정신없는 용궁이 텔레비전과 미니 책상, 타요 미끄럼틀, 뽀로로 붕붕카로 꽉 들어찬 우리 집 거실 같았다. 나는 말없이 윤후가 붙여놓은 해파리, 오징어, 문어 스티커를 다 떼어냈다. 아이가 스티커를 다시 달라고 졸랐지만 못 들은 척하면서 한 손으로 구겨버렸다. 남편은 그런 나를 물끄러미 바라보았다.

*　　*　　*

남편이 말한 동네, 그러니까 T아파트와 온천장 일대에 나도 살았던 적이 있다. 내 손으로 부동산 사무실 문을 밀고 들어가 정보를 얻고 흥정을 하며 계약을 한 것이 아니라, 부모님이 정해놓은 집에 쥬쥬인형과 레고블록을 챙겨 이사하면 되던 때에 말이다. 안방의 꽃무늬 벽지가 내 방의 별 모양 스탠드보다 예쁘다는 것에 속상해하던, 벽지의 가격과 재질, 인테리어 시공비 따위는 생각하지 않아도 되던 시절이었다.

아빠의 이직으로 그곳에 전학을 갔다. 열두살, 오십명의 아이들이 백개의 까만 눈동자를 굴리며 나를 쳐다보았다.

"서울에서 온 김미연입니다. 앞으로 친하게 지냈으면 좋겠습니다."

인사를 하고 선생님이 정해준 자리에 가서 앉았다. 쉬는 시간이 되자, 앞자리에 앉은 얼굴이 까맣고 코가 납작한 남자애가 뒤로 돌아앉았다.

"니 롯데월드 가봤나?"

전학 온 학교에서 처음 받은 질문이었다.

"응."

1991년의 일이었다. 88올림픽이 끝나 이듬해에 생긴 롯데월드는 한국의 디즈니랜드를 표방하며 서울 시내에 세워졌다. 실내, 실외로 구성된 놀이공원은 아이스링크와 민속박물관까지 있어서, 대한민국 국민학생들에겐 꿈과 희망의 에덴동산과 다름없었다. 우리 집은 롯데월드로 가는 지하철 노선에서 먼 곳에 있었지만, 이사 오기 전 엄마를 졸라서 그곳에 놀러 갔었다.

"진짜 좋더나? 그럼 후룸라이드도 타봤나?"

다시 질문이 쏟아졌다. 반 아이들이 나와 남자애의 대화에 귀를 세우고 있다는 걸 나는 본능적으로 알았다. 차분한 목소리로 최대한 친절하게, 튀지 않으면서도 평범하지는 않게. 전학생에서 학급의 일원이 되기 위해 나는 노력했다.

"후룸라이드 타봤는데, 그보단 월드모노레일 타고 매직아일랜드 가는 게 훨씬 좋더라. 밖으로 나가면 공기도 좋고, 석촌호수도 구경할 수 있고."

"어? 그거 수빈이도 타봤다고 했는데."

대화의 중심인물이 이동했다. 남자애는 손가락으로 옆 분단을 가리켰다. 그곳에는 나풀거리는 하늘색 원피스를 입은, 얼굴이 하얀 여자아이가 앉아 있었다. 작은 얼굴에 마른 체구, 쥬쥬인형처럼 구불구불한 파마머리. 반 아이들이 명랑만화 속 조연이라면 이 아이는 순정만화의 주인공처럼 느껴졌다. 『그리스로마 신화』를 읽던 여자아이는 우리들이 무슨 이야기를 했는지 다 알고 있다는 표정으로 입을 열었다.

"나는 매직아일랜드 갔다가 63빌딩 씨월드도 다녀왔어."

수빈은 그렇게 말하면서 나를 지그시 바라보았다. 씨월드는 매직아일랜드보다 조금 더 큰 목소리로 힘을 주어 발음했다. 오십명의 학생 중 유일하게 롯데월드를 경험해본 이가 할 수 있는 표정과 태도로 말이다. 그러고는 두 사람만의 비밀암호를 읊는 것처럼, 서울의 특정 장소들을 나열하기 시작했다. 암호 같기도, 기호 같기도 한 고유명사들의 향연에 반 아이들은 호기심을 보이다가 이내 시들해졌다. 지치지 않는 관심과 열정으로 문제를 내는 것은 수빈뿐이었다. 그애가 말하려는 게 서울의 특정 장소인지, 그 장소를 아는 나인지, 아니면 그곳을 아는 자신인지, 혹은 그 모든 것인지. 어느 것 하나 명확하지 않았지만, 나는 수빈의 암호를 성실하게 풀었다. 그렇게 해야만 할 것 같았고, 그렇게 할 수 있는 존재라는 사실을 열두살의 나는 은근히 과시하고 싶었는지 모르겠다.

수빈에 대해서는 하굣길에 명확히 알 수 있었다. 교문을 나오자 모서리가 반듯하게 각이 진 그랜저가 서 있었다. 회색 양복을 입은 남자가 차에서 내려 수빈을 정중하게 맞았다. 수빈이 자연스럽게 뒷좌석에 앉았다.

"미연아, 얼른 타."

짙게 선팅된 유리창이 내려가더니 수빈이 나를 불렀다.

"얼른 타, 얼른!"

창문 밖으로 고개를 내밀며 다시 한번 말했다. 나는 조금은 머뭇거리는 척하면서 그애의 제안을 받아들이고 싶었다. 수빈이 보이는 행동들이, 단순히 이곳 지리가 낯선 전학생에 대한 호의나 배려가 아니라는 것을 눈치채버렸기 때문이다. 별일 아니라는 듯 그애 옆에 앉았다. 검은색 자동차가 미끄러지듯 교문 앞을 벗어났다.

"집이 어디야?"

"T아파트 7동이야."

끄덕끄덕. 수빈이 그럴 줄 알았다는 듯 고개를 주억거렸다.

T아파트는 온천장과 M로터리 사이에 있는 대단지 아파트였다. 지은 지 이십년이 다 되어가지만 주변 환경이 좋아서 아파트 값이 계속 오르는 중이라고 들었다. 엄마는 T아파트가 이 지역에서는 서울의 대치동 은마아파트나 압구정 현대아파트에 해당한다며 자부심을 보였다. 물론 거기에는 우리 가족이 처음으로 갖게 된 '내 집'이라는 의미도 포함되어 있었다.

88올림픽이 끝나자마자 서울을 비롯한 수도권의 집값이 고공상승을 했다. 오래된 판잣집과 단독주택들이 도미노처럼 헐리고, 그 자리에 크고 깨끗한 아파트와 고급빌라가 들어섰다. 서울 변두리의 아파트를 전전하던 우리집은 끝내 치솟는 집값을 이겨내지 못하고 지방으로 이사를 했다. 아빠의 이직도 한몫했다. 엄마는 서울에서 쫓겨났다는 열패감과 함께 내 집을 갖게 되었다는 충만함에 휩싸여 있었다. 당연히 엄마는 아파트 엘리베이터에서 만난 이웃들에겐 이 사실을 말하지 않았다. 우린 롯데월드와 가까운 강남 어디쯤에서 살다 이사 온, 깍쟁이 서울내기로 통했다. 그리고 나는 엄마의 말에 암묵적으로 동의하면서 수빈과 친구가 되어 있었다.

*　*　*

"가볼래?"

남편이 룸미러로 나를 흘깃거렸다. 목적어가 없어도 남편이 말한 곳이 어디인지 알 수 있었다. 윤후는 카시트에서 곤히 잠이 들었다. 파란색 운동화가 흙투성이였다. 가까운 시민공원에서 모래놀이를 하고 돌아가는 길이었다.

지금 살고 있는 아파트는 주차장 부족으로 몸살이었다. 이중주차는 필수에다 밤늦게 집에 올 때면 자리가 없어 아파트 건너편 도로에 무단주차를 해야 했다. 주차 문제로 주민끼리 싸우는 일이 층간소음 못지않은 일상이었다. 아파트 입주자 대표회의에서 주차 이야기가 나올 때마다 문제 되는 것은 단지 내 놀이터였다. 아이들 수에 비해 놀이터가 너무 크다는 의견이 놀이터가 필요하냐는 의문으로 바뀌었고, 어느 순간 정말로 놀이터가 사라졌다. 논바닥의 잡초처럼 그네와 미끄럼틀이 손쉽게 뽑혀나갔다. 나무 벤치와 철봉이 있던 자리에 시커먼 시멘트가 발리고, 흰색 주차선이 그어졌다. 대체 공간을 만든다는 소식이 있었지만 뿌리가 뽑힌 놀이터에 새싹이 돋아날 것 같지는 않았다. 어쩔 수 없이 놀이터를 찾아 주말이면 근처 공원으로 향했다. 골목에서 동네친구와 노는 일까지 바란 건 아니었는데…… 내겐 익숙하고 당연했던 생활이 윤후에겐 특별한 이벤트로 바뀌어 있었다. 미끄럼틀 없는 아파트에 사는 일이 부모의 무능함을 대변하는 것 같았다.

"당신 거기서 몇년 살았지?"

"한 이년 살았나?"

"90년대에 그 동네 살았으면 자기네도 좀 넉넉했겠다. 그땐 장인어른 사업이 잘됐나봐."

남편이 부드럽게 핸들을 돌리며 너스레를 떨었다.

T아파트에선 이년을 살다 이사를 갔다. 아빠는 집을 담보로 무리하게 투자를 했고, 엄마는 집이 경매에 넘어가기 직전 정리를 했다. 우리 가족의 첫 집이자 마지막 집은 그렇게 끝이 났다. 이삿날, 엄마는 꽃무늬 벽지 앞에서 울고, 나는 별무늬 스탠드 앞에서 울었다. 아빠는 전학 가더

라도 친구들에게 전화나 편지를 하면 된다고 나를 달랬다. 그러니까 아빠는 여전히 아무것도 모르고 있었다. 투자감각뿐 아니라 가족들의 마음도 말이다. 엄마와 나의 눈물이 동일한 의미를 담고 있음을, 우리의 호시절이 끝났음을 의미한다는 것을 아빠는 알아채지 못했다.

"그렇지, 그후론 이 모양 이 꼴이니."

"에이, 그런 뜻은 아니고."

남편이 비아냥거리는 게 아니라는 걸 알면서도 나는 자조적으로 대답했다.

신호등 앞에 차가 섰다. 초록색 도로표지판에 쓰인 온천장과 T아파트 이름이 보였다. T아파트가 가까워질수록 내 속의 무언가가 조금씩 비틀리는 기분이었다. 단단하게 잠가둔 벽을 누군가가 두드리면서 틈을 만들고 있다. 그 틈으로 밀려오는 감정들을 몰아내기 위해 나는 잠는 윤후의 손을 잡았다. 아이의 작은 손이 따뜻했다.

시간이 흐를수록 수빈과 나는 더욱 친해졌다. 수빈은 내게 담임의 패션센스와 시끄럽게 떠드는 반 아이들, 자신이 좋아하는 6학년 학생회장 오빠에 대해 이야기했다. 자주 집을 비우는 아빠와 그럴 때마다 밤늦게 들어오는 엄마에 대해서도. 그런 날에는 잠이 오지 않는다며 내게 전화를 걸었다. 나는 자주색 무선전화기를 들고 별 모양 스탠드 앞에 앉아 수빈의 이야기를 들었다. 모두가 잠든 밤, 노란 불빛 아래서 수빈의 목소리를 듣노라면, 내 안에 그 아이의 자리가 점점 커지는 느낌이었다.

"우리 둘이 롯데월드 갈 수 있으면 좋겠다."

수빈은 롯데월드를 따로 경험한 것이 아쉬운지 자주 말을 꺼냈다. 자유이용권을 끊어서 하루 종일 나와 놀이기구를 타고 싶다고 말했다. 그애가 롯데월드의 구석구석을 마치 학교 운동장처럼 자세하게 말할 때면, 나는 한번 가본 그곳을 계속 떠올리며 이야기에 동참해야 했다. 타보지 못한 놀이기구를 타본 것처럼, 본 적 없는 퍼레이드에 참석한 것처럼, 먹은 적 없는 스낵코너의 추로스와 포도슬러시를 여러번 맛본 것처럼. 그렇게 상상에 상상을 곱해서 말하고 나면, 정말인지 내가 연간회원권을 들고 그곳을 여러번 방문한 아이가 된 것 같았다. 그 느낌이 썩 나쁘지 않아 수빈보다 더 큰 목소리로 롯데월드에 대해 이야기했다.

"수빈아, 우리 다음에 서울대공원 갈래? 롯데월드랑 가까운데 거기도 좋아."

내가 먼저 제안하기도 했다. 그애의 관심과 흥미를 끌면서 나를 돋보이게 할 수 있는 곳. 서울과 관련된 장소들은 바로 그런 역할을 했다.

"진짜 상상만 해도 정말 좋다! 넌 서울에서 살다 왔으니까 잘 알겠네. 우리 꼭 같이 가자."

수빈의 두 뺨이 분홍빛으로 변했다. 나는 으쓱해져서 가본 적 없는 서울대공원에 대해 신나게 떠들었다.

"우린 너무 잘 맞는 것 같아, 너 전학 안 왔으면 나는 어쩔 뻔했지?"

자동차 뒷좌석에서 수빈이 생글생글 웃으며 말했다. '영혼의 단짝이 있다면 우리 같은 사이일 거야, 우리 우정 포에버♡'와 같은 열두살 소녀가 할 수 있는 최대치의 찬사와 감탄사를 늘어놓았다. 우정 팔찌를 나눠 차고, 비밀 일기장을 만들어 서로의 가장 내밀한 이야기를 공유하자고 했다. 주저함이나 머뭇거림 없이, 용감하고 정직하게 자신의 감정을 표현하는 수빈이 아름다웠다. 그애가 검고 짙은 눈동자를 반짝이며 내 팔짱을 낄 때면, 나는 수빈의 친구가 되었다는 사실에 황홀해지곤 했다.

그래서였을까. 나는 수빈이 하는 모든 말에 고개를 끄덕이며 맞장구를 쳤다. 그애가 발음하기도 어려운 어떤 장소들을 말하는 순간, 나는 수빈보다 먼저 그곳에 도착해 있었다. 나는 롯데월드를 아파트 놀이터처럼 방문했으며, 63씨월드와 올림픽공원을 다녀온 아이가 되었다. 반에서 오직 수빈만이 경험했던 어떤 것들을 함께 나누고 공감할 수 있는, 수빈의 유일한 친구로 말이다. 남들과 다른 경험을 했다는 우월함과 동질감이 수빈과 나 사이를 공고하게 다져주었다. 당시의 나는 그것이 내가 누릴 수 있는 우정의 최고치라 생각했다. 나는 수빈의 친구이고 싶었으며, 친구로서의 시간을 최대한 유지하고 싶었다. 정말 그랬다. 그게 아니라면 그 시절 내가 했던 행동들을 어떻게 설명할 수 있을까.

공터에 주차를 했다.

"엄마, 포클레인이 이렇게 이렇게 땅을 파고 있어."

중장비 차를 좋아하는 윤후가 대형 포클레인을 보면서 허공에 팔을 움직였다.

"이야, 대형 건설사라 그런지 작업 속도 한번 빠르네. 아직 청약일 발표도 안 했는데 벌써부터 터를 닦고."

남편의 목소리가 윤후보다 한 옥타브 더 올라갔다.

거대한 굴삭기가 삼층짜리 건물을 허물고 있었다. 깨진 유리조각과 부서진 콘크리트 덩어리, 휘어진 철근이 덤프트럭에 실려 갔다. 시멘트 건물이 무너지면서 뽀얗게 먼지가 날렸다. 노란 안전모를 쓴 인부가 소방호수처럼 굵은 분무기로 물을 뿌렸다. 안전제일, 정확한 시공, 통행에

불편을 드려 죄송합니다,라는 문구가 쓰인 플래카드가 바람에 나부꼈다. 곧 무너질 담벼락에는 붉은 글씨로 '공가'라고 쓰여 있었다. 다른 쪽에는 아직 사람이 사는 집들이 있었다. 공가, 빈집이란 말 대신 재개발건축을 반대한다는 의미의 빨간 깃발들이 부표처럼 떠다녔다.

나는 앞장서서 걸었다. 시간이 많이 흘러서인지, 지금의 특수한 상황 때문인지 기억 속의 온천장과 다른 모습이었다. 스멀스멀, 당시의 거리와 상가, 사람들이 형태를 갖추면서 다가왔다. 어떤 이름들이 명확해지고, 누군가의 얼굴이 명징하게 떠오르기도 했다. 나는 아주 먼 곳에서 빠른 속도로 다가오는 어떤 기억들을 자꾸만 밀쳐냈다. 초조해지려는 감정을 애써 숨기고 싶었다.

온천거리에 접어들자 몇개의 온천탕 간판이 보였다. 열개가 넘었던 목욕탕들이 두세개밖에 남아 있지 않았다. 노래빙, 술집의 네온사인 때문에 밤에도 낮처럼 환하던 곳이 낮에도 밤인 것처럼 어두웠다. 촬영이 끝난 영화 세트장처럼 도로는 음산하고 조용했다. 꼬리가 뭉툭하게 잘린 고양이가 건물 뒤로 사라졌다. 쌍둥이처럼 똑 닮은 건물이 눈앞에 들어왔다. 내가 알던 상호명과 다른 간판이 붙어 있었다. 그럼에도 건물은 낙원탕과 낙원장으로 보였다.

수빈은 온천장에서 제일 큰 낙원탕의 외동딸이었다. 낙원탕의 천연암반수 온탕에 몸을 누이면 류머티즘성 관절염이나 피부병마저 깨끗이 낫는다는 말까지 있었다. 뉴욕의 월드트레이드센터처럼 낙원탕 옆에는 쌍둥이 건물인 낙원장이 자리 잡고 있었다. 낙원탕과 낙원장, 낙원빌딩들은 온천장의 상징이었다. 낙원빌딩의 지붕은 유럽의 성처럼 뾰족했는데, 그건 공주 이야기를 좋아하는 수빈의 의견이 반영된 결과라고 했다. 첨탑 아래, 낙원장의 맨 위층은 수빈이네 집이었고 그애는 그곳에서 친구를 기다리는 라푼젤처럼 자랐다.

수빈은 자신의 집으로 나를 자주 초대했다. 엄마는 내가 수빈과 친구가 된 것을 내심 자랑스럽게 여기는 듯했다. 엘리베이터나 아파트 경비실 앞에서 수빈의 이름을 언급하며 잘 놀다 오라고 했다. 그애에게 얕보이면 안 된다며 브랜드 옷을 입혔고, 삐삐머리를 풀어 손이 많이 가는 디스코머리를 해주었다.

생각해보면 당시의 엄마는 여유가 있고 너그러운 중산층 사모님 같았다. 내 머리방울과 원피스, 구두를 골라주던 엄마에게선 우아하면서도 부드러운 향기가 났다. 엄마는 내 집을 소유한, 집주인에게 맞는 품위와 인격을 연습했던 것일까. 아니면 마음의 여유와 평화가 자신도 모르게 몸 밖으로 흘러넘쳤던 것일까. T아파트를 떠날 때의 안타까움에는 상냥하고 친절했던 엄마를 잃어버린다는 것도 포함되어 있었다. 나는 수빈이 옷차림을 따지는 친구가 아니라고 말하면서 두번, 세번 거울을 보았다.

낙원장 유리문을 밀고 들어갔다. 카운터에 앉아 있던 젊은 남자가 내게 알은체하며 손가락을 위로 가리켰다. 나는 대답 대신 고개를 끄덕이곤 계단을 올라갔다.

"여관 입구로 들어오는 거 너무 싫어. 내가 계속 말하니까 아빠가 중학생 되기 전에 이사하자고 하셨어. 너랑 같은 아파트로 이사 가면 좋겠다."

수빈이 아이보리색 소파 위에 앉아서 말했다. 성 모양의 지붕과 빨간 창문이 마음에 들어도 학년이 올라갈수록 낙원장 간판 아래로 들어오는 게 점점 싫다고 말이다. 한낮에도 이곳을 드나드는 사람들을 가리키며 뭐라고 쑥덕이는지 알고 있다면서.

"나도 매일 여관으로 들어오는 건 진짜 싫을 것 같아."

네 마음을 충분히 이해한다는 듯, 나는 수빈을 애처롭게 바라보았다. 교복을 입고 여관에 들어오는 건 생각만 해도 끔찍하다며 고개를 절레절레 흔들었다. 눈, 코, 입을 과장되게 움직이면서 크게 반응했다. 빨리 이곳을 탈출하길 바란다는 위로까지 했다.

그러곤 보았다. 거실 한쪽에 놓인 그랜드피아노와 대형 텔레비전, 커다란 스피커가 달린 전축을. 실내용 골프대와 냉장고에 붙은 세계 각국의 기념자석, 유리장 가득 진열된 수입 양주병도 보았다. 수빈의 방에 자리한 캐노피 침대와 연분홍색 화장대, 그 위의 알록달록한 향수병까지. 백화점에서 보았던 비싸고 화려한 물건들이 집 안 곳곳에 놓여 있었다. 수빈은 악의 없이 천진한 얼굴로 이 모든 것들이 싫증 난다고 말했다. 정말 그렇게 생각해? 진짜로 싫어? 이제껏 묻지 못했던 물음들이 입속을 꽉 메웠다.

"미연아, 나 주말에 서울대공원 갈 건데 놀이기구 좀 추천해줘."

수빈이 아몬드가 통째로 박힌 수제 쿠키를 먹으면서 말했다.

아삭아삭. 수빈이 입을 움직일 때마다 아몬드 부서지는 소리가 났다. 아몬드는 볶은 땅콩보다 크기가 크고 표면이 거칠었다. 달콤하면서도 뒷맛이 씁쓸했는데, 독특한 이름만큼이나 질감도 달랐다. 수빈은 수제 쿠키 속의 아몬드만 뽑아 먹고는 다른 부분을 접시에 뱉어버렸다.

추천이라…… 잠시 고민하는 사이 수빈이 쿠키를 더

가지러 주방으로 갔다. 탁자 위에는 『수도권 관광안내도』 책이 놓여 있었다. 나는 수빈의 움직임을 살피면서 책을 펼쳤다. 롯데월드, 63빌딩, 용인민속촌, 용인자연농원과 함께 서울대공원에 노란색 형광펜이 그어 있었다. 수빈의 버킷리스트인 듯했다. 서울대공원 정보를 빠르게 훑다 어느 구절에서 멈추었다.

1984년에 개장한 서울대공원은 서울 창경궁 복원사업의 일환으로 창경궁의 동물원과 놀이시설을 경기도 과천시로 이전하면서 개원하였습니다.

한번 읽고, 두번 읽고, 세번을 읽었다. 그러니까 롯데월드랑 가깝다고 했던 서울대공원은 서울이 아니라 경기도 과천시에 위치했다. 자신만만하게 우쭐대던 내 모습이 떠올랐다. 어떡하지, 어떡하지. 수빈이 주방에서 쿠키 봉지를 들고 거실로 오고 있었다. 암전이 된 듯 눈앞이 깜깜해졌다. 등줄기를 따라 끈적한 땀이 흘러내렸다.

"어, 어! 그거 우리 엄마가 보는 거야!"

수빈이 내 손에 들린 관광책을 보면서 서둘러 말했다. 내가 무슨 생각을 하는지, 어떤 상황에 처했는지, 수빈이 알 리가 없다고 여겼다. 그러나 짧은 순간, 내 대답을 듣기도 전에 황급히 말을 꺼낸 수빈을 보면서 깨닫고 말았다.

그애가 모든 것을 알고 있었다는 것을. 내 입은 수빈의 모든 것을 이해한다는 듯 신나게 떠들었지만, 내 표정과 눈은 그렇지 않았다는 사실을. 불에 덴 듯 얼굴이 화끈거리면서 뜨거워졌다. 입안이 바싹바싹 타들어가서 침조차 삼킬 수 없었다. 내가 그 상황에서 무슨 말을 할 수 있었을까. 아무렇지 않게 서울대공원에 대해 착각했다고 너스레를 떨었어야 했을까, 사실은 그게 아니라며 고해성사를 하듯 고백해야 했을까. 나는 어떤 것도 선택하지 않은 채 도망치듯 수빈의 집을 빠져나왔다.

우리는 온천장에서 T아파트까지 걸었다. 재개발 건축 허가가 나자 지은 지 사십년이 넘은 아파트가 이 도시에서 가장 비싸게 거래되었다고 했다. 남편 말대로 교통, 학군, 상권까지 좋은, 하지만 오래된 아파트와 주택으로 이루어진 이 지역은 투기꾼들과 건설사의 구미를 자극했다.

T아파트는 흔적 없이 사라졌다. 눈앞에 보이는 거라곤 황량한 공터뿐이었다. 전쟁이 나서 폭탄이 떨어지거나 흉흉한 전염병이 돌아서 마을이 폐허가 된 게 아니었다. 얼마 전까지 사람들이 잠을 자고 밥을 먹던 공간이 이렇게 간단히 삭제돼버릴 줄이야. 하늘색 벽지와 주황색 알전

구, 체크무늬 타일이 뭉텅뭉텅 뜯겨나갔다.

윤후가 공터 주위를 뛰어다녔다. 아이의 움직임을 따라 이리저리 고개를 돌렸다. 여기가 아파트 입구니까 1동 자리고, 그 옆에 상가가 있었겠구나. 상가 이층 비디오 가게에서 비디오랑 만화책을 자주 빌렸는데. 반납 기간이 지나서 몰래 수거통에 넣고 도망치기도 하고. 음…… 저기가 7동이면 그 앞이 코끼리 놀이터 자리네. 코끼리 놀이터에서 미끄럼틀을 자주 탔지. 이곳과 관련된 기억들을 강제로 밀쳐버리려고 했던 것이 무색할 만큼, 나는 너무 쉽게 T아파트를 떠올리며 추억하고 있었다. 열두살의 내가 공터 어딘가에 앉아 있을 것 같았다.

그 미끄럼틀 앞으로 수빈이 나를 찾아왔었다. 검은 자동차 없이 홀로 뚜벅뚜벅 걸어서 내 앞에 섰다.

"갑자기 네가 가버려서 놀랐어."

그애는 그렇게 말하면서 슬프게 웃었다. 다시 탑 속에 유폐될 자신이 두려운 듯, 밧줄처럼 땋은 제 머리칼을 타고 첨탑에서 탈출했다.

수빈은 책가방 속에서 아몬드가 박힌 수제 쿠키와 초콜릿 한통을 꺼내주었다. 엄마가 유럽에서 사온 스위스 초콜릿이라며 진짜 맛있다는 말도 덧붙였다. 별일 아니라는 듯, 대수롭지 않은 표정을 지으려고 애썼다. 평소의 나라면 수빈이 좋아하는 것은 뭐든지 다 좋다고 맞장구를 쳤을 터였다. 나는 고개를 푹 숙인 채 발끝으로 모래만 찼다. 발길질을 세게 할수록 누런 흙먼지가 날렸다. 그때마다 수빈의 분홍 에나멜구두에 모래가 들러붙었다. 그애는 미동 없이 서서 모래바람을 맞았다. 수빈은 이제 알까. 내겐 롯데월드의 후룸라이드보다 코끼리 놀이터의 미끄럼틀이 더 익숙하다는 걸.

수빈이 떠나고, 미끄럼틀 꼭대기에 앉아 초콜릿 통을 열었다. 스위스 밀크 초콜릿. 하얀 초콜릿은 입안에 넣자마자 솜사탕처럼 녹아버렸다. 부드럽고 달콤하면서 초콜릿답지 않게 청량한 기운이 느껴졌다. 수빈은 이걸 매일 먹겠지. 그애와 나의 거리가 63빌딩 높이만큼 멀었다는 걸, 나는 왜 이제야 알게 된 걸까. 그 거리와 간격에 대해 정말 몰랐던 걸까. 생각을 할수록 입속의 초콜릿이 썼다.

그날 이후 수빈은 몇번 더 나를 찾아왔다. 코끼리 미끄럼틀을 타고 그네에 앉았다. 손바닥이 빨갛게 되도록 철봉에 매달렸다. 쇠 냄새가 나는 손바닥을 바지춤에 비볐다. 그애가 싫어하는 불결한 일이라는 걸 알았지만, 나는 모르는 척했다. 수빈이 묻는 말에만 대답을 하고 먼저 인사할 때만 인사를 했다. 그렇게 우리는 서서히 멀어졌다. 크게 싸우거나 다른 친구가 생겨서도 아니었다. 아주 자연스레, 그것이 정답인 것처럼 우리는 멀어져서 각자의 자리로 돌아갔다. 나는 그것이 나를 지키는 유일한 길이라 여겼다.

"어릴 때 살았던 동네가 없어져서 섭섭해?"

남편이 내 얼굴을 바라보며 걱정스레 물었다.

글쎄, 뭐라고 해야 하나. 이곳에 오기를 그토록 주저했는데, T아파트 이름만 나와도 못 들은 척하려고 했는데. 이렇게 손쉽게 다 사라져버렸을 줄이야. 가슴 저 밑에서 알 수 없는 감정들이 조금씩 번져나갔다. 물기를 먹은 감정들이 나를 휘어 감았다. 눈물이 날 것만 같아서 나는 두 손으로 눈을 세게 비볐다. 손끝이 차가웠다.

*　　*　　*

모델하우스 안은 사람들로 가득했다. 윤후는 내레이터 모델이 준 노란 풍선을 들었다. 남편이 라운지에서 받은 아메리카노를 마시며 아이 손을 잡고 걸었다.

"아빠, 여기 진짜 좋아!"

윤후가 전시된 침대 위에 앉으며 소리쳤다.

제 방이라도 되는 양 작은방 구석구석을 돌아다니며 즐거워했다. 책상 의자에 앉아 진열된 나무블록을 가지고 놀았다. 남편이 스마트폰으로 윤후 사진을 찍으며 즐거워했다. 덩달아 내 입꼬리도 슬며시 올라갔다.

31a평형은 기존의 같은 평수에 비해 실내가 넓고 구조가 좋았다. 작은방에는 특별히 서비스 면적이 더 들어가서 아이 방으로 제격이었다. 넓은 창이 많아서 남향집의 장점을 제대로 느낄 수 있다고 했다. 수납장이 많은 주방과 고급스러운 드레스룸도 마음에 들었다.

"와보길 잘했지?"

남편이 내 표정을 살피며 물었다. 나는 못 이기는 척하며 고개를 끄덕였다. 남편에게 괜한 핀잔을 준 것 같아서 미안한 마음마저 들었다.

"저희 아파트의 핵심 콘셉트는 바로 아이가 살기 좋은 아파트입니다. 키즈까페나 근처 공원을 갈 필요 없이, 아파트 안에서 다 해결할 수가 있는데요. 단지 내 주민복합센터에는 아동을 위한 키즈까페와 어린이도서관, 중고등학생을 위한 독서실과 스터디룸이 마련됩니다. 아파트 주민이라면 누구나 예약 시스템을 통해 사용할 수 있고, 이용료는 관리비에 청구되니 따로 결제하지 않으셔도 됩니다. 당연히 친환경 놀이터와 운동장이 주요 스폿마다 마련되구요, 여름에는 분수광장을 개방해서 물놀이까지 할 수 있습니다."

대형 스크린에 완공될 아파트의 설계도와 모형도가 떴다. 친환경 소재로 만든 미끄럼틀과 시소, 모래 놀이터, 물놀이 시설과 넉넉한 주차 공간까지. 보는 것만으로도 마음을 빼앗기기 충분했다. 남편과 나는 입시생처럼 설명을 들으며 스마트폰에 핵심내용을 메모했다. 설명을 듣다가 서로를 쳐다보며 웃었다.

"앗, 죄송합니다."

옆에 서 있던 여자가 내 발을 밟고 나서 말했다.

복잡한 설명회장은 승객들로 가득 찬 엘리베이터 안 같았다. 여자는 나를 보지 않은 채, 다시 한번 미안하다는 말을 했다. 사람 많은 곳에선 자주 일어나는 일이니 괜찮다며 대수롭지 않은 듯 말했다. 붉은 숄더백을 멘 여자가 나를 스쳐 지나갈 때, 나는 고개를 들어 여자의 옆얼굴을 보았다. 익숙하면서도 낯선 얼굴이었다. 시간이 얼마나 흘렀는데 그때 얼굴이 남아 있겠어, 하면서도 나는 눈으로 붉은 숄더백을 계속 따라갔다. 여자가 인파 속에 묻혀 사라지자, 열두 살의 수빈이 슬그머니 소환되었다.

수빈의 소식은 지역뉴스를 통해 들었다. IMF와 경기 침체로 관광산업이 위축되면서 온천거리의 손님도 예전 같지 않다고 했다. 그즈음 늘어나기 시작한 찜질방과 대형 스파도 목욕탕 손님이 줄어들게 된 요인이라고 했다.

낙원탕은 기능성 찜질방을 갖춘 '파라다이스 스파'로 증축되었다. 구청장과 시의원이 개업식에 참석해 리본을 자르는 모습이 기사에 나왔다. 하지만 무리했던 투자에 비해 매출이 오르지 않았고 결국 파라다이스 스파는 매각되고 말았다. 소식을 들었을 때 수빈에게 연락해볼까, 하는 생각을 잠시 했었다. 그러나 내가 그애를 위로하는 장면은 어색하기만 했다.

수빈은 언제 온천장을 떠났을까, 바라던 서울시민이 되었을까. 폐허가 된 지금의 모습을 보면 어떤 말을 할까. 그시절의 온천장과 T아파트를 아는 이가 있다면 누구에게든 묻고 싶었다. 하지만 술래잡기하듯 모델하우스로 들어오는 사람들 중 내 물음에 답해줄 이는 없을 것 같았다.

"엄마, 우리 언제 이사 와요?"

모델하우스를 나오며 윤후가 물었다.

스크린에 떠 있던 모형도가 떠올랐다. 대형 놀이터와 키즈까페, 물놀이 시설에서 해맑게 노는 윤후의 모습이 영화처럼 재생되었다. 까르륵, 웃으면서 머리카락이 땀에 젖을 정도로 신나게 뛰어놀았다. 윤후만큼은 그런 곳에서 살게 하고 싶었다. 정말 그렇게 하고 싶었다.

"청약일이 일주일 뒤고, 삼일 뒤에 발표가 난대. 그러고 나면 계약금을 내야 하는데, 우리 적금 만기일이 언제지?

그거 다 깨면 계약금은 만들어지지 않을까?"

남편은 당첨을 기정사실화하면서 다음 계획을 꺼냈다.

그러게, 당첨이 되면 이후가 더 문제네. 계약금에 중도금, 잔금까지. 애드벌룬처럼 부풀어 올랐던 마음들이 현실적인 금액 앞에서 픽픽 터져버렸다. 모델하우스에 온 사람들은 전부 그 돈을 가지고 있을까. 은행대출을 받는다 해도 갚을 수 있는 액수가 아닌데. 그럼 수빈은? 그애도 이런 고민을 하면서 살까. 아이보리색 소파 위에서 궁전 같은 집이 지긋지긋하다고 말하던 수빈의 모습이 겹쳐져, 피식 웃음이 났다. 그애가 은행융자금과 대출금 이자로 고민한다니, 줄을 서서 31a평형 견본주택을 살펴본다니. 도무지 상상이 되지 않았다. 입안이 텁텁해지면서 쓴맛이 올라왔다. 스위스 밀크 초콜릿을 먹었을 때처럼 쓴맛은 점점 강해졌다. 시큼하고, 씁쓸하고, 불쾌한 맛들이 입속을 이리저리 휘젓고 다녔다. 나는 침을 가득 모아서 퉤, 하고 뱉었다.

저 멀리 대형 크레인이 보였다. 크레인 유리창에 햇살이 부딪혀 퍼져나갔다. 레미콘들이 부지런히 통을 굴리며 움직였다. 노란 안전모를 쓴 사람들이 지게차를 몰아 공사장으로 들어갔다. 새로운 아파트가 세워지고 있었다. 깨끗하고 미끈하게 태어날 그곳을 나는 오랫동안 바라보았다.

다시 만난 세계 ———

인사를 하고 수업을 끝냈다. 앞자리에 앉아 있던 몇몇의 학생이 수고하셨습니다,라고 내게 대답을 했다. 프린트물과 교재를 챙긴 학생들이 앞문을 통해 강의실을 빠져나갔다. 나는 칠판의 프랑스어 문장들을 지우고 교탁과 연결된 컴퓨터의 전원을 껐다. 고요한 강의실에 전자기기 꺼지는 소리가 크게 울렸다. 파일 가방에 수업 자료를 챙겨서 제일 마지막으로 강의실을 나왔다.

한 학기의 절반이 지나갔다. 이주 전에 중간고사를 쳤고, 일차 리포트와 두번의 퀴즈도 끝냈다. 전자출결 시스템이지만 주기적으로 출석을 불렀다. 이름 부르고, 학생 얼굴 쳐다보고, 이름 부르고, 학생 얼굴 바라보고. 시간이 걸리더라도 얼굴과 이름을 외우려고 노력했다. 스쳐가는 교양 과목일지라도 한 학기를 함께하는 사람들에 대한 예의라고 생각했다. 이름을 부르고 얼굴을 마주하는 것, 공부의 시작은 그런 태도와 믿음이라 나는 여겼다. 수업 분위기는 썩 괜찮았다. 간혹 스마트폰을 손에서 놓지 못하는 학생이 있었고 수업 시간 내내 잠을 자는 이도 있었지만, 그러한 학생은 학교라는 제도가 생겨난 이후로 계속 존재해왔을 터였다. 이 분위기를 이어가서 기말고사를 치고, 학점을 내면 괜찮겠다고 생각했는데.

오늘 수업은 무언가 낯설고 어색했다. 개강날의 어수선하고 분주한 분위기도 아니며, 종강날의 홀가분하면서도 섭섭한 마음도 아니었다. 나를 보는 듯하면서도 나를 보지 않는 느낌. 적당히 차갑고 냉랭하면서, 내 이야기를 무심하게 흘려보내는 것 같은 분위기. 강의실을 감싼 공기의 온도는 무엇이라 딱 꼬집어 설명하기가 어려웠다. 확실한 건 지난 시간과 비교해서 수업 분위기가 미묘하게 달라졌다는 점이었다. 강의를 처음 한 것도 아닌데, 학생들의 반응과 태도를 지나치게 의식한 건지. 유리창이 촘촘히 박힌 긴 복도를 지나, 엘리베이터를 타고 오층 강사 휴게실에 도착할 때까지 나는 이 생각에 빠져 있었다.

"희정쌤앰, 수업 끝났어요? 강의한다고 수고했으요. 이거 드이소."

김선생님이 유리병에 든 오렌지주스를 건네며 말했다.

"감사합니다."

나는 주스를 받아 밤색 레자 소파 위에 앉았다.

김선생님은 언젠가부터 내게 희정쌤, 희정선생님, 최선생님이라 존대를 했다. 말을 편하게 하시라고 말해도 그런 게 아니라며 강하게 손사래를 쳤다. 나는 십칠년 전, 철학과 강의실에서 그의 수업을 들었다. 당시에도 그는 친절하고 진중한 목소리로 학생들 이야기에 귀를 기울였다. 몇년이 흘러 강사휴게실에서 다시 만났을 때, 그는 학생이던 나를 기억했고 이제는 함께 연구하는 동학이 돼서 기쁘다고 말했다. 구레나룻부터 이어지던 검은 수염이 하얗게 변했지만 활짝 웃으며 안부를 묻는 모습은 예전과 같았다. 강사휴게실에서 가장 연장자인 김선생님이, 내게 깍듯하게 대할 때면 나는 부끄럽고 민망하면서도 감사하고 뿌듯했다.

일곱평 남짓한 강사휴게실에는 네대의 컴퓨터와 한대의 프린트기, 강사 이름이 붙은 철제 캐비닛이 다섯개 놓여 있었다. 창문 옆에는 스탠드형 에어컨이 세워져 있고, 테이블로 둔갑한 책상 위에는 소형 커피포트와 겹겹이 쌓아놓은 일회용 종이컵, 녹차 티백, 믹스커피가 올려 있었다.

"뭘 그리 심각하게 봐요?"

김선생님이 컴퓨터 앞에 모인 다른 강사들에게 물었다.

비슷한 시간에 수업을 해서 강사휴게실에서 자주 보는 이들이었다. 김선생님의 물음에도 아무런 답이 없었다. 딸깍딸깍. 주먹만 한 마우스를 움직이며 모니터만 뚫어지게 바라보았다.

"지인짜 느무하네!"

대답 대신 돌아온 반응이었다.

"심하다, 심해. 뭔 생각으로 이런 글을 쓴 거고!"

다른 사람의 목소리도 높아졌다. 두 뺨이 벌겋게 달아오르다 귓불까지 붉어졌다.

"무슨 일인데요?"

나는 밤색 소파에서 일어나 모니터 쪽으로 걸음을 옮겼다.

"희정쌤도 이름 올렸죠? 보자…… 여기 이름 있네."

최희정

그러니까, 그곳에, 그 명단에 내 이름이 또박또박 쓰여 있었다. 내가 자진해서, 나의 의지로 성명서에 이름을 올리긴 했지만, 이런 식으로 내 이름이 사용될 줄은 전혀 몰랐다.

상경대학의 대학원생이 학교 성폭력상담소에 신고를

했다. 학위논문 심사 과정 중 심사를 맡은 교수에게 성추행을 당했다는 거였다. 상담소는 이 문제를 공론화했고, 해당 교수를 불러 사건의 진위 여부를 파악하겠다고 했다. 하지만 해당 교수는 제자와 합의 하에 벌인 일이라며 혐의를 부인했으며, 병가를 낸 후 잠적했다. 총학생회, 대학원학생회, 비정규교수노동조합회, 여교수회에서 이 일에 대한 공개성명서를 발표했다. 대학원생을 지지하는 이들이 성명서에 이름을 올렸다.

나 역시 비정규교수노동조합회의 지지서명에 동참했다. 논문 심사 과정에서 암묵적으로 일어나는 폭력적인 일들을 더이상 묵과할 수 없었다. 많은 이들이 힘을 모아서 이 일을 제대로 해결해야 한다고 생각했다. 학교 여기저기에 대자보가 붙었다.

그리고 오늘, 학교 익명게시판인 '대나무숲'에 이 일과 관련된 글이 올라왔다.

다음 학기에 피해야 할 ㅍㅁ명단

공개지지를 한 강사들의 명단이었다. 물론 내 이름도 포함되어 있었다. 대나무숲에 올라온 게시물글은 대자보 사진을 찍어서 난도질하거나 성명서를 교묘하게 비틀어

조롱하고 있었다. 일단 피하고 보자, 꼴페미들. 추방하자, 메갈. 입 밖으로 꺼내어 말하기 힘든 말들이 댓글로 이어 졌다.

"이게…… 뭐예요!"

심장이 빠르게 뛰면서 진정이 되지 않았다. 화가 나서 소리를 쳤는데, 내 목소리 끝은 찢어진 손톱처럼 미세하게 갈라지고 있었다. 나는 부들부들 떨리는 손을 다른 손으로 잡으면서 애써 진정하려 노력했다. 하지만 빨라지기 시작한 심장박동은 좀처럼 가라앉을 줄 몰랐다. 오늘 수업이 왜 이상했는지, 강의실을 감싸던 냉한 공기와 낯선 분위기의 이유를 이제야 명확히 알 것 같았다.

한참 동안 모니터를 보고 있던 김선생님이 말했다.

"근데 왜 내 이름은 없노? 내도 올렸는데."

그 말에 사람들이 다시 게시글을 읽었다. 살펴보고 찾아봐도 김신생님은 없었다. 그러고 보니 공개지지를 표한 모든 시간강사의 이름을 써놓은 게 아니었다. 비슷한 시기에 성명서를 낸 여교수회에 대한 언급도 없었다. 까다롭게 선별한 이름들. 어떤 기준에 의해서 명단을 만들었는지, 그것이 무엇을 의미하는지, 그곳에 있던 사람들은 말하지 않아도 알 수 있었다. 나는 비석에 새긴 듯 정직하게 쓰인 내 이름을 보고 또 보았다.

* * *

　강사휴게실을 나왔다. 이 문제에 대해 이야기를 나누었지만 딱히 꼬집어서 해결할 방안이 없었다. 익명게시판이라서 글쓴이도 모르며, 안다고 해도 학생을 찾아가서 왜 그런 글을 썼느냐고 따져 묻기도 어려웠다. 표현이 거칠고 강해서 그렇지, 이 또한 개인의 입장과 생각이라 잘라 말한다면…… 오히려 선생이 학생 글을 억압했니, 방해했니 하면서 역으로 되물을 가능성도 컸다.

　건물을 빠져나와 학교 정문을 향해 걸었다. 해가 졌는데도 공기 중엔 낮 시간 동안의 열기가 아직 남아 있었다. 가슴 한쪽에 거대한 바위를 올려놓은 것처럼 답답했다. 속이 쓰리고, 위액이 역류하는 느낌이었다. 아랫배가 부풀어 오르도록 숨을 크게 들이마셨다가 천천히 내뱉었다. 다음 수업 시간에 어떤 표정을 하고 들어가야 하나. 내 강의를 듣는 학생 중에도 그 글을 읽은 이가 있겠지? 어쩌면 주도해서 글을 썼을지도 모르지. 매번 창가 쪽에 앉아 조는 무역학과 박진희, 수업시간 내내 스마트폰만 들여다보는 영어영문학과 김민석, 눈을 반짝이며 프랑스어를 따라 하는 화학과 신지우의 얼굴이 떠올랐다. 그중 누구일까, 그중 한명일까. 이러려고 학생 이름을 외운 게 아니었는데…… 강의실에 있던 학생들의 얼굴이 놀이공원의 인형 탈처럼 커지면서 눈앞으로 다가왔다.

"에이, 씨."

혼잣말을 했다. 연달아 두번, 세번을 했다. 발길을 돌려 건축관 근처 흡연구역에 들어갔다. 한쪽 벤치에서 담배를 피우던 학생들이 나를 흘깃 쳐다보더니 고개를 돌렸다. 몸속 가득 니코틴을 받아들이면서 생각했다. 성명서에 함께한 걸 후회한 건 아니다. 해야 할 일이라고 여겼고, 해야만 한다고 생각했다. 대나무숲의 글은 욕 한번 하고 무시할 수도 있었다. 해프닝이라 여기자, 그냥 넘기자. 그럼에도 찜찜하고 불쾌한 기분은 두드러기처럼 솟아올라 가라앉을 줄 몰랐다.

게시판의 명단은 그동안 입 밖으로 내지 않았던, 그러나 누구보다 내가 제일 잘 알던 나의 위치와 계급을 적나라하게 보여주고 있었다. 지역 대학의 박사수료생인 여자 시간강사. 쓸데없는 자학과 자기비하는 아무런 도움이 안 된다는 걸 알면서도 한번 찾아온 부정적인 생각들은 꼬리에 꼬리를 물며 이어졌다. 담배 필터 끝까지 연기를 빨아들였다. 후우…… 희고 매운 연기가 공기 중으로 사라졌다. 아직 남은 강의와 시험, 성적 발표 후에 진행될 강의평가. 담배 연기가 흩어지자 그 자리에 강의평가가 남았다.

문제는 그것이었다.

기피 대상으로 지목되었으니 이번 학기 강의평가가 어떻게 될지. 학교는 시간강사법 적용으로 삼년 동안 강사 신분을 유지시켜준다고 하였지만, 일년마다 계약서를 갱신했다. 계약서에는 강사의 품위 단정, 논문 편수를 포함한 실적, 강의평가 점수가 기재되었다. 강의평가가 3.5 미만으로 한번 나오면 경고, 두번 나오면 아웃이었다. 이번 학기 강의평가는 포기해야 하나. 모든 학생이 그 글을 읽은 건 아니겠지, 그 글에 동의하는 건 아니겠지. 그런 생각이 들다가도 비석처럼 박힌 내 이름이 떠올랐다. 강의가 없어지면 당장 내야 하는 월세부터 문제인데. 만기가 얼마 안 남은 적금통장을 허는 일이 생길지도 모른다. 겨울방학에 파리에서 열리는 프랑스 현대소설 학회를 가려고 모아둔 돈인데. 가슴이 답답하다 못해 타들어갔다. 담뱃재처럼 하얗게 변해서 파스스 하고 부서질 것 같았다.

정문 밖으로 나오자 노란색, 빨간색 네온사인들이 번쩍였다. 삼삼오오 무리를 지은 이들이 술집으로 들어갔고, 어깨동무를 한 커플이 웃으면서 나를 스쳐갔다. 24시간 문을 여는 토스트 가게와 편의점, 새로 개업한 PC방도 보였다. 그중에는 31가지의 아이스크림을 판다는 아이스크림 전문점도 있었다. 나는 유리문을 밀고 가게 안으로 성큼 들어갔다. 시원하고 달콤한, 차갑고 부드러운 무언가가 절실했다.

대학교 1학년 겨울방학부터 다음해 여름방학까지 나는 이 아이스크림 가게에서 아르바이트를 했다. 분홍색 앞치마와 모자를 착용하고 '다섯가지 맛 골라주세요, 가시는 데까지 시간이 어떻게 되세요? 숟가락은 몇개 필요하세요?'를 스마트폰의 인공지능 목소리처럼 반복했다. 최저시급이 있었지만 최저시급에 맞게 아르바이트비를 주는 곳이 거의 없던 시절이었다. 그럼에도 긴 방학 동안, 개학 이후에는 시간표를 수정해서라도 아르바이트를 했다. 나는 돈이 필요했고, 돈을 모으고 싶었으며, 돈이 많기를 바랐다. 서울 소재 사립대학교에 합격을 하고도 가지 못했다. 부모님은 삼남매 중 둘째인 나를 위해 엄청난 액수의 등록금과 생활비를 줄 능력이 없다고 했다. 미안하다고 말하는 부모님 앞에서 나는 욕을 하고 더 크게 혼이 났다.

장학금을 받고 지역 국립대학교에 입학했다. 담임은 경영학과나 법학과를 권유했지만 나는 불어불문학과에 지원했다. 프랑스 유학을 가고 싶었다. 자유·평등·박애의 나라, 줄리엣 비노쉬와 프랑수아즈 사강, 장 뤽 고다르의 나라, 내가 나로 올곧이 설 수 있는 나라. 당시의 내게 프랑스는 그렇게 읽혔다. 나의 결핍과 부족함, 헛된 망상과 부푼 상상을 모두 채워줄 수 있는 유토피아였다. 돈을 모아서 무조건 프랑스로 떠나겠다고 결심했었다.

겨울이어서 아이스크림 가게를 찾는 사람이 적을 거라 생각했는데 가게는 아침부터 손님으로 붐볐다. 크리스마스가 다가오자 한정판 아이스크림 케이크가 나왔다. 연초에는 새해맞이 신제품이, 밸런타인데이와 화이트데이에는 커플 아이템을 사은품으로 주는 아이스크림 케이크가 출시되었다. 밤이면 술에 취한 이들이 유리문을 밀고 들어왔다. 전열기보다 냉동고가 더 많은 가게 안에서 하얀색 반팔 티셔츠 위에 분홍색 앞치마를 둘러매고 아이스크림을 동그랗게 퍼 담았다. 탁구공보다는 크고, 테니스공보다는 작게. 어느 한쪽으로도 찌그러지지 않은 완벽한 구형으로. 모양도 예쁘면서 무게도 정확하게. 앞으로의 내 인생도 콘 위의 아이스크림처럼 달콤하게 반짝이길 원했다.

유리 언니는 나와 같은 시간에 일을 하던 아르바이트생이었다. 그녀는 뭐랄까, 『브람스를 좋아하세요…』 책날개에 실린 프랑수아즈 사강 같다고나 할까. 귀밑까지 오는 단발머리에 하얀 얼굴, 얇은 쌍꺼풀과 가느다란 입술, 어깨가 좁고 팔다리가 긴 체형까지. 무표정한 얼굴로 있다가 생긋 웃으면 두 눈이 없어지는 귀여운 모습은 내가 상상하던 프랑스 여자였다. 언니는 패션센스까지 좋았는데, 특히 분홍색 앞치마 위에 살짝 뿌린 샤넬no.5 향수는 인공색소로 범벅이 된 아이스크림 냄새와 차원이 달랐다. 마릴린 먼로가 잠옷 대신 입었대. 언니가 내 앞치마에 향수를 뿌려주며 말할 때, 나는 아르바이트를 그만두어도 유리 언니와 꼭 연락을 하며 지내야겠다고 다짐했었다.

손님이 없는 시간 틈틈이 언니는 과제를 하고 책을 읽었다. 『철학과 굴뚝청소부』『채털리 부인의 사랑』『미학 오디세이』『제2의 성』『서양미술사』 같은. 언니는 양장본 책을 꺼내 상품 포장대 한편에 올려두었다. 냉동고가 위이잉 돌아가고, 아이스크림이 조용히 녹는 시간이면 집중해서 책을 읽었다. 그렇게 읽은 책을 내게 추천하며 알려주었다. 살짝 녹은 바닐라맛 아이스크림처럼 언니의 목소리는 부드럽고 달달했다.

철학자 이름을 말할 때면 나오는 언니 특유의 영어 발음도 마음에 들었다. 혀끝을 동그랗게 말다가 어느 지점에서 힘을 빼며 던지듯이 내뱉는 소리였다. 유리 언니는 자신이 미국식 영어보다 영국식 영어를 더 좋아해서 그렇다고 했다. 그 뒤로 휴 그랜트, 키이라 나이틀리와 같은 영국 출신 배우가 나오는 영화를 볼 때면 유리 언니의 말이

종종 떠올랐다. 스크린 속 배우들의 발음은 유리 언니와 많이 달랐다. 그럼에도 나는 유리 언니가 하는 말이면 무엇이든 좋았다.

언니, 이거 떨어졌어요.

종이 박스와 티스푼, 아이스크림 컵을 쌓아놓은 창고에서 옷을 갈아입을 때였다. 언니의 가방에서 손바닥 반만한 뭔가가 떨어졌다. 모서리가 반듯한 정사각형의 비닐 포장지였다.

니 줄까?

유리 언니가 비닐 포장지를 주우면서 나를 바라보았다.

넵, 저 주세요.

뭔지 알고 달라는 거가?

음…… 화장품 샘플 아니에요?

내 말에 언니는 두 눈이 반달이 되도록 웃더니, 비닐 포장지 귀퉁이를 손톱으로 찢어 내용물을 꺼냈다. 아직 불지 않은 풍선이 납작하게 눌려 있었다. 언니는 풍선을 입으로 불어 빵빵하게 만들었다. 기존 풍선에 비해 작고 조그마했다. 단단하게 부풀어 오른 주황색 풍선을 앞뒤로 흔들더니 내게 건넸다.

이거 콘돔이다.

헉, 상상도 못한 말이었다. 언니가 조금 특별한 건 알았지만 콘돔을 가방에 넣고 다닐 줄이야. 언니에게 남자친구가 있었나, 남친 이야기를 한 적은 없는데…… 근데 콘돔은 남자가 준비해야 하는 거 아닌가. 머릿속을 어지럽히는 여러 물음들과 함께 나는 황급히 한가지 사실을 숨겨야만 했다. 내가 콘돔을 처음 봤다는 것을. 스무해를 사는 동안 누구도 내게 정확한 피임법을 알려주지 않았다. '책임질 수 없는 놈과 해서는 안 된다, 임신하면 인생 종치는 거다'와 같은 공포를 유발하는 부정적인 말들을 먼저 학습했었다.

아…… 그럼 담에 남친 생기면 받을게요.

나는 유리 언니 앞에서 어리바리한 아이이고 싶지 않았다. 내가 당황했다는 사실을 언니가 눈치챌까봐 서둘러 유니폼을 갈아입고 창고를 나왔다.

* * *

그러니까 2002년 여름이었다. 한일월드컵에서 한국이 처음으로 16강에 진출해서 이겼다. 8강 진출을 앞두고 거리는 붉은 티셔츠를 입은 사람으로 넘쳐났다. 빨간 파도들이 인도와 차도를 넘나들며 이리저리 흘러 다녔다.

유리 언니는 예닐곱명의 사람들과 함께 대학교 정문

앞에 서 있었다. 철제 테이블을 펴놓고 갖은 소품들을 전시해놓았다. 테이블에 올려둔 작은 스피커에서 노래가 흘러 나왔다.

'우리들 가진 것 비록 적어도 손에 손 맞잡고 눈물 흘리니.'

'바람에 흔들리는 건 뿌리가 얕은 갈대일 뿐.'

노래에 맞춰서 몇몇 사람이 춤을 췄다. 다시 보니 춤이라기보다는 구령에 맞춰 절도 있게 체조를 하는 것 같았다. 춤을 추지 않는 사람들은 작은 풍선을 들고 있었다. 언니는 색색의 풍선을 흔들면서 지나가는 사람들에게 받아가라고 했다. 멀리서 보면 월드컵 응원 소품을 파는 것처럼 보였다.

희정아, 저기 니랑 같이 알바하는 언니 아니가?

과 친구가 유리 언니를 가리키며 말했다.

나는 한눈에 봐도 알 수 있었다. 유리 언니는 아이스크림 창고에서 내게 주었던 것처럼, 전단지를 돌리는 아르바이트생처럼 지나가는 이들에게 콘돔을 나눠주었다.

여성과 남성은 무엇이 다르죠?

지금, 우리, 이곳에서부터 혁명을 시작하자!

모두가 평등하고 자유로운 세상을 꿈꾸며

하얀 스케치북에 검은 매직펜으로 크게 쓴 문구들이 주위에 붙어 있었다. 지나가는 이들이 유리 언니를 쳐다보았다. 무슨 일인지 관심을 보이다가도 풍선의 정체를 알면 눈살을 찌푸리면서 고개를 돌렸다. 언니는 사람들의 반응에도 아랑곳 않고 콘돔을 건넸다. 웃음과 비웃음, 냉소와 비아냥거림, 짜증과 야유를 받아내면서 태연한 표정으로 꿋꿋하게 서 있었다. 『슬픔이여 안녕』의 프랑수아즈 사강처럼, 「블루」의 줄리엣 비노쉬처럼. 프랑스 여자 같은 유리 언니가 정말이지 프랑스 여자가 되어 있었다.

희정아!

그 순간, 언니가 나를 불렀다. 불렀던 것 같다. 불렀을지도 모른다. 나를 부른다고 생각하면서도 안 불렀기를 바랐다. 나는 휙, 몸을 돌려 왔던 길로 되돌아갔다. 차마 길거리에서 콘돔을 나눠주는 유리 언니에게 인사할 수 없었다. 언니와 인사하는 순간, 내게 집중될 시선들을 나는 견뎌낼 자신이 없었다. 아주 짧은 시간이지만 나는 유리 언니와 모르는 사람이고 싶었다.

언니, 그거 왜 하는 거예요?

마감 시간이었다. 냉동고에는 31가지의 아이스크림들

이 오밀조밀하게 앉아 있었다. 그중 초콜릿 아이스크림을 종이컵에 퍼 담았다. 손님용 의자에 앉아서 아이스크림을 먹으며 물었다.

뭐? 알바?

아니요, 며칠 즌 정문에서······

아, 근데 그 노래 진짜 유치하지 않나. 요즘 세련된 노래들이 을매나 많은데 꼭 그런 노래를 튼다니까. 차라리 오! 필승 코리아가 나은 것 같데이.

유리 언니가 월드컵 응원가의 후렴구를 부르면서 깔깔거렸다.

······니는 프랑스에 왜 가고 싶은데?

냉동고 건너편에서 유리 언니가 다시 물었다.

그긴 자유의 나라잖아요, 낭만과 여유가 있는.

그럼 여기는?

그냥······ 한국이죠.

언니가 잠시 말을 끊고 나를 바라보았다.

희정아, 프랑스에 간다고 진짜 달라질까?

여기보단 좋을 것 같은데요.

음······ 있잖아. 내가 말하고 싶은 건 간단한 거야. 사람은 누구나 자기결정권이 있다는 것, 가장 중요한 건 바로 '나'라는 거야.

웃음기가 싹 가신 표정. 유리 언니의 얼굴이 다시 프랑스 여자처럼 변해 있었다. 언니는 고개를 돌려 창밖을 바라보았다. 뻑뻑뻑, 뻑뻑. 붉은 악마들이 나팔을 불면서 지나갔다. 따따따, 따따, 대한민국! 똑같은 옷을 입은 이들이 구령에 맞춰서 똑같은 동작을 했다.

그게 그렇게 어려운 걸까.

유리 언니가 하는 말은 내게 하는 말인 동시에 자신에게 하는 다짐처럼 들렸다. 천천히 낮고, 강하게. 여린 듯하면서도 확신에 찬 목소리였다. 초콜릿 아이스크림에 언니의 샤넬no.5 향이 배어 있었다. 나는 아이스크림을 숟가락 가득 퍼서 입안에 넣었다. 차갑게 물컹거리는 물성들이 혀 위에서 서서히 녹아들어갔다. 목구멍이 얼얼할 정도로 냉랭했다.

유리 언니의 말을 이해할 듯하면서도, 언니의 모습을 보면 이해가 되지 않았다. 학회실에서 만나는 90년대 고학번 선배는 NL, PD를 거론하면서 주체사상에 대해 이야기했다. 국가보안법 운운하면서 제 몸을 숨기는 이도 있었고, 심야버스를 타고 서울까지 가서 집회에 참석하는 이도 있었다. 짧게 자른 머리에 화장 안 한 맨얼굴, 남자 선배를 오빠가 아니라 형이라 부르는 여자 선배들. 그들의 말과 화법, 태도가 마음에 드는 것은 아니었다. 그렇지만 그렇게 말하는 이들이 학교에는 여전히 많았고, 그들은 때때로 전설이니 레전드니 하며 칭송되었다. 그리고 그들 중 누구도 유리 언니와 같은 말을 하는 사람은 없었다. 유리 언니처럼 하늘하늘한 몸매에 프라다 구두를 신고, 샤넬 향수를 뿌린 이도 없었다. 나는 유리 언니가 정말 좋았지만, 도통 언니의 세계를 이해할 수 없었다. 언니는 뜻을 모르는 프랑스어 같았고, 무엇을 그렸는지 알 수 없는 추상화 같았다. 언니를 알지 못한 채 언니를 좋아하는 것만이 내가 선택할 수 있는 답인 듯했다.

* * *

강사휴게실로 들어갔다. 밤색 레자 소파에 김선생님이 앉아 있었다.

"별일 없죠?"

평소와 같은 인사말이 의미심장하게 들렸다. 대나무숲에 글이 올라온 후, 강사휴게실에서 사람들을 보기 어려워졌다. 다들 바빠서 오지 않는 건지, 다른 이유로 들르지 않는 건지 알 길이 없었다.

"네, 괜찮아요."

나는 김선생님을 향해 희미하게 웃었다. 지지직, 소리

를 내며 대형 복사기에서 유인물이 연이어 인쇄되어 나왔다. 검은 잉크가 채 마르지 않은 프랑스 문장들이 복사열로 뜨거웠다.

"슨생님은 괜찮으세요?"

프린트물을 꺼내며 물었다.

"즈야 뭐…… 괜찮죠."

대화는 더이상 이어지지 않았다. 오렌지주스를 건네거나 밤색 소파에 앉으라는 말도 없었다. 각자 할 일만 했다. 익숙한 상황임에도 무언가 석연치 않게 느껴졌다. 나는 김선생님에게 무슨 말을 듣고 싶었던 걸까. 어떤 이야기를 나누고 싶은 걸까. 김선생님의 '괜찮다'는 나의 '괜찮다'와 다른 뜻을 가진 것만 같아서 자꾸만 되묻고 싶었다.

프린트물을 챙겨 밖으로 나왔다. 수업 시간까지 한시간이 남았다. 어떤 얼굴로 강의에 들어가야 하는지, 무슨 말을 해야 할시 정리가 필요했다. 아무 일 없다는 듯 해맑은 표정을 지어야 할지, 정색을 하고 이 문제를 꺼내야 할지 판단이 서지 않았다. 누군가에게 묻고 답을 듣고 싶었다. 하지만 김선생님도, 지도교수님도 겪지 않은 이 일에 대해서 누가 내게 이야기할 수 있을까. 비정규교수노동조합회의에 문의했지만, 사안을 파악한 후 대책을 마련하고 있다는 답만 돌아왔다. 오늘 당장 강의실에 들어가서 학생들을 봐야 하는데. 유리 언니라면 지금의 내 심정을 이해하고 공감해줄까. 의문형의 문장만이 그림자처럼 나를 따라왔다.

* * *

그 이야기 들었나? 학게 난리 났다데.

학년 대표는 월드컵 8강전보다 더 재미난 이야기라며 장황하게 수식어를 붙였다.

뭔데? 뭔데?

기말고사 준비를 위해 학회실에 모인 아이들이 『쉽게 배우는 프랑스 역사』 책을 덮으며 물었다. 소식을 전한 학년대표의 말은 이러했다. 여성주의 동아리에서 이틀 동안 여성운동 행사를 했다. 첫날은 시민들에게 콘돔 나눠주기 행사를 했고, 둘째날은 정문 앞에서 흡연 시위를 했다. 행사에 참여한 사람들은 3, 4학년 여학생들이었고, 어느 단대 인터넷 게시판에 이 일이 사진과 함께 올라왔다. 동아리 여학생들을 창녀, 걸레라 지칭하며 조롱했다. 상황을 알게 된 동아리 대표가 단대 학생회를 찾아가 항의하고 사과 요구를 했다. 일이 커지면서 학교 익명게시판으로 옮겨졌고, 행사에 참여한 여학생들의 싸이월드 계정이 털리면서 학교, 학번, 학과는 물론이며 일상 사진과 사적인 대화까지 전부 공개되었다는 거였다.

가만히 있지. 꼭 그렇게 나대는 사람들이 있어요.

콘돔은 필요한 애들이 알아서 사겠지, 그걸 꼭 길에서 나눠줄 필요가 있나.

신여성들이 어디서 서울 애들 하는 걸 보고 따라 했는가배.

이야기를 들은 다른 동기들이 말을 덧붙였다. 적당한 비속어를 섞어가면서 재밌다는 듯 킥킥거렸다. 말을 듣는 것만으로도 힘이 들었다. 언니의 마음과 의도를 알지 못하는 이들이 언니에 대해서 함부로 떠드는 것도 듣기 싫었다. 언니를 욕하는 이들을 찾아가 따지고 싶었다. 그러다 정문 앞에서 나를 부르던 언니의 목소리가 떠올랐다. 언니는 나를 왜 불렀을까. 나를 부르기는 했던 걸까. 언니를 욕하는 동기들과 언니를 외면한 나는 크게 다르지 않았다. 내가 그들에게 화를 낼 자격이 있는 걸까. 나는 필통만 만지작거리며 아무런 말도 하지 못했다.

며칠 후, 유리 언니는 아르바이트를 그만두었다.

쟤가 걔 아냐?

손님 중 누군가가 언니를 가리키며 쑥덕거렸다. 언니의 모습을 하나하나 관찰하면서 새로운 이야깃거리가 있는

지 찾아내려 했다. 소문은 사장에게까지 들어갔다. 사장은 모든 경위를 알게 되었고, 더이상 유리 언니와 함께 일하기 어렵다고 통보했다. 아르바이트생일지라도 품행이 단정하고 모범적인 사람과 가족같이 일하고 싶다고 했다. 딸 같아서 하는 말이라며 이십대 처녀가 그렇게 살면 안 된다며 언니를 타일렀다.

언니…… 괜찮아요?

분홍색 유니폼을 벗는 언니에게 물었다. 이렇게 그만두는 건 아닌 것 같았다.

내가 나쁜 일을 한 것도 아니고. 뭐, 나도 토익 때문에 알바 그만둘까 고민하고 있었거든.

유리 언니가 앞치마를 반듯하게 접어서 플라스틱 상자 안에 넣었다. 천 모자를 벗어서 그 위에 살포시 올려두었다. 핸드백 속에서 작은 향수통을 꺼내 내 앞으로 다가왔다. 내 앞치마는 녹은 아이스크림 자국 때문에 엉망으로 더러워져 있었다. 언니는 샤넬no.5 향수를 내가 입은 앞치마에 뿌려주었다.

깨끗하게 입고 다니고. 그리고 희정아, 프랑스엔 꼭 가.

마지막 말을 하면서 언니는 향수를 한번 더 뿌렸다. 강렬하고 고혹적인 향이 작은 창고 안을 꽉 채웠다. 유리 언니를 닮은 향이었다. 언니는 마치 먼 길을 떠나는 사람처럼 다시는 못 볼 사람처럼 말하고 있었다. 나는 고개만 끄덕였다. 눈물이 날 것 같아서 아랫입술을 잘근잘근 깨물었다.

언니가 떠나고 얼마 지나지 않아 나도 아르바이트를 그만두었다. 그해 여름, 한일월드컵에서 한국은 4위를 했다. 붉은 악마들의 열기만큼 뜨거운 여름이었다. 아이스크림 가게는 손님으로 넘쳐났다. 나는 하루에 백개 이상의 아이스크림콘을 만들었다. 동그랗고 동그랗게. 아이스크림콘을 만들 때마다 내 손목이 동그랗게 동그랗게 잘려 나가는 기분이었다. 아이스크림 스쿠퍼를 들 힘조차 없어지자 아르바이트를 그만두었다. 정형외과에서 손목 터널증후군이라는 진단을 받고, 그동안 모아놓은 돈을 약값과 물리치료비로 다 썼다. 당연히 프랑스 여행은 가지 못했다.

그리고 가끔씩 유리 언니를 떠올렸다. 언니가 뿌려준 알싸한 향이 코끝을 간지럽혔다. 용기를 내어 언니에게 전화를 했다. 없는 번호라고 나왔다. 한번, 두번, 열번을 걸어도 건조한 기계음만 메아리가 되어 돌아왔다. 인터넷 상에 전화번호가 공개되었으니 어쩔 수 없이 휴대전화 번호를 바꾼 것일 거라고 나 자신을 납득시켰다. 그래도 바뀐 연락처는 알려줄 수도 있을 텐데. 언니를 이해하려고 노력하면서도 유리 언니가 미웠고, 유리 언니가 그리웠다.

*　　*　　*

대운동장을 향해 느리게 걸어갔다. 키 큰 나무들이 도로 옆으로 줄지어 있었다. 이마 위로 끈끈하게 땀이 흘렀다. 나는 그늘진 자리를 따라 걸었다. 그 일을 겪을 당시의 유리 언니가 지금의 나보다 열여섯살이나 어렸다는 사실이 새삼스럽게 충격으로 다가왔다. 그 나이 때의 학생들이 크고 놀라운 일을 기획하고 실행했다는 점이 놀라웠다. 이렇게 생각하는 내가 늙고 겁이 많은 여자가 된 것 같아서 낯설었다. 마른세수를 하듯 두 손으로 얼굴을 비볐다.

프랑스 유학은 가지 못했다. 몇번의 아르바이트 끝에 프랑스 배낭여행은 떠날 수 있었지만, 유학은 아르바이트만으로 갈 수 있는 것이 아니었다. 자대 대학원에 진학해서 실존주의에 기반을 둔 프랑스 현대소설을 공부했다. 학비와 생활비는 대입 영어과외를 하면서 충당했다. 가끔씩 『프랑스산 와인 고르는 법』『프랑스 엄마처럼 육아하기』 같은 책을 번역했다. 그런 책에는 프랑수아즈 사강이나 장 뤽 고다르가 나오지 않았다. 계산적이고 실용적인 언어들, 상징이나 은유가 없는 한번에 해석 가능한 단어들이 당시의 나와 어울린다고 생각했다. 지역 대학의 불어불문학과는 유럽학부로 통폐합되었다. 강사들의 자리는 더 줄어들었고 그나마 있던 이들도 학교를 떠났다. 간신히 교양교육원에서 개설한 '기초프랑스어 회화1' 수업을 맡을 수 있었다. 그리고 종강을 얼마 남겨두지 않은 오늘, 나는 '다음 학기 피해야 할 ㅍㅁ'가 되었다. 돌에 새긴 듯 정확하게 쓰인 내 이름이 계속 떠올라, 나를 어지럽혔다. 속이 부글거려서 애꿎은 돌만 걷어찼다.

조금은 다른 시대가 되었다고 생각했다. 서울 광장에서 LGBT 무지개축제가 개최되었다. 텔레비전에는 성소수자들이 나와 제 이야기를 하고, 성 정체성을 고민하는 작가들이 자전적 소설을 출판하였다. 그리고 나는 더이상 유리 언니를 생각하지 않았다. 유리 언니가 지키고 싶은 것이 무엇이었는지, 어떤 이야기를 하고 싶었는지, 프랑스가 아니라 대한민국의 한 지방도시에 남아서 알게 되었다고 생각했다. 책 속 세계와 책 밖 세계를 통해서, 누가 알려주지 않아도 자연스레 습득했다고 여겼다. 그렇게 자연스레 알게 된 세계의 이야기가, 나를 슬프게도 했지만 이제라도 알게 되어서 다행이라고 여겼는데…… 그 모든 게 착각이었을지도 모른다는 의구심이 들었다. 하아, 담배 생각이 간절해져 가방을 뒤졌다. 캐비닛 안에 두고 왔구나. 허탈한 마음에 근처 벤치에 털썩 앉았다. 이마에서 난 땀이 목덜미를 따라 등까지 흘러내렸다. 프린트물을 한부 꺼내 부채질을 했다. 후덥지근한 바람만 불었다.

드르륵, 드르륵.

가방 속에서 스마트폰이 크게 울렸다. 액정을 번쩍이면서 문자메시지가 들어왔다. 잠금장치를 풀어 메시지를 확인했다. 강의실 제일 앞자리에 나란히 앉는 김지민과 임시형의 문자메시지였다. 대자보에 있던 내 이름과 대나무숲 글의 내 이름을 사진으로 찍어서 함께 보내주었다. 예상하지 못한 문자메시지였다. 내 선택을 지지하고, 나를 응원해주는 마음들이 담겨 있었다. 두 사람의 얼굴이 스마트폰 액정 위로 겹쳐졌다.

임시형이 보내준 링크를 따라가보았다. 성폭력상담소에 신고한 대학원생을 응원하는 학부생들의 명단이 떴다. 자발적으로 모여서 피해 학생을 지지하고 있었다. 비정규교수 성명서의 이름보다 더 길게, 많이 이어졌다. 댓글에는 '메갈 선생과 꼴페 아웃' '성폭력 out' '나도 당당하게 살고 싶다' 같은 말이 어지럽게 섞여 있었다. 해당 교수를 규탄하는 10회차 촛불집회를 정문 앞에서 연다는 공지도 보였다. 이미 열린 촛불 집회 사진과 동영상이 첨부되어 있었다. 그중 하나를 선택해서 재생시켰다.

어둑어둑한 저녁, 대학교 정문 앞에 백명 남짓한 학생들이 앉아 있었다. 스마트폰 액정을 촛불처럼 흔들면서 주위를 환하게 밝혔다. 긴 생머리에 하얀 티, 부츠컷 청바지를 입은 여학생이 나와서 제 이야기를 했다. 둘러앉은 사람들이 박수를 치고, 웃고, 손을 흔들었다. 그리고 함께 노래를 불렀다.

'이 세상 속에서 반복되는 슬픔 이젠 안녕. 널 생각만 해도 난 강해져. 울지 않게 나를 도와줘. 이 순간의 느낌 함께하는 거야.'

익숙하면서도 낯설게 느껴지는 그 노래가 오늘도 지나온 그곳에 울려퍼졌다. 음정이 안 맞고 불안해도, 박자가 어긋나거나 빨라져도 상관없었다. 함께하는 목소리가 정문 앞을 통과해서 내가 앉아 있는 대운동장까지 서서히 번져왔다.

"울지 않게 나를 도와줘."

한 구절을 따라 불렀다. 파란 하늘에 흰 구름들이 점점이 지나갔다. 그 상태로 크게 숨을 들이마셨다가 내뱉었다. 바람이 불자 초록 나뭇잎들이 서로의 몸을 부볐다. 어디선가 달큼한 꽃향기가 나기도 했다. 유리 언니가 뿌려준 향수가 꽃향기에 섞여 있는 것만 같았다.

파일 가방을 챙겨 자리에서 일어났다. 수업 시작 시간까지는 십오분이 남았다. 부지런히 걸어가야 늦지 않을 것이다. 발걸음이 빨라졌다. 저 멀리 회백색 오층 건물이 보였다.

후원명세서

빨간 운동화

공식 홈페이지는 접속자 폭주로 마비가 되었다. 윤미는 새로고침을 몇번 누른 뒤에 간신히 접속에 성공했다. 선착순 깜짝 세일에 도전할 때처럼 재빨리 아이디와 패스워드를 입력하고 로그인을 했다. 문의게시판과 자유게시판은 그야말로 폭격을 맞은 것 같았다. 일주일에 서너개 올라오던 게시물이 몇시간 만에 삼백개가 넘게 생겼다. 꼼꼼히 읽지 않아도 무슨 내용인지 짐작이 갔다. 윤미가 스크롤을 내려 제목을 훑어보는 사이에 새로운 글이 네개 더 업로드되었다.

사내게시판 역시 마찬가지였다. 담당자가 누구냐, 게시글을 쓴 사람이 문제다, 이대로 가다간 재단 이미지 엉망이 된다, 후원자 관리를 어떻게 하는 거냐 등등 수많은 말들이 하늘에서 떨어졌다. 윤미는 댓글을 달까 싶다가, 똑같은 말을 덧붙이는 것 같아서 그냥 두었다.

"봤어?"

팀장이 윤미의 어깨에 손을 얹으며 물었다.

"네."

"윤미씨가 신경 쓸 일 아니니까 너무 담아두지 마."

팀장이 별일 아니라는 듯이 무심하게, 그렇지만 윤미를 배려하는 것이 느껴질 법한 말투와 눈빛으로 대답을 했다.

"네."

윤미는 긍정도 부정도 아닌, 일체의 감정이 섞이지 않은 것 같은 태도로 간결하게 답했다. 이런 일에는 어떤 반응을 보여야 하는지 이미 잘 알고 있었다.

공식 홈페이지가 폭주한 이유는 어느 포털사이트 게시판에 올라온 글 때문이었다. 자신을 삼십대 중반의 평범한 회사원이라고 소개한 남자는 오년 동안 한 아동복지재단을 후원하고 있다고 밝혔다. 연봉이 그리 높은 편은 아니지만 열심히 땀을 흘려 번 돈으로 어려운 환경에 처한 불우한 아동을 돕고 싶다고 했다. 남자는 한달에 삼만원을 후원하다가 올 초부터 오만원으로 증액했다고 글을 이어갔다. 후원아동이 공부를 잘하는지, 키가 큰지 혹은 작은지, 학교생활은 원만히 하고 있으며, 교우관계는 좋은지 등 궁금한 점들이 많았지만 아이에게 부담을 주는 것 같아서 최대한 접촉을 삼갔다고 덧붙였다. 어릴 적 읽은 동화책 속의 '키다리 아저씨'처럼 조용히 뒤에서 돕고 싶었기 때문이라고 했다.

그러다가 어린이날이 다가와서 담당복지사에게 메일을 남겼다. 아이가 갖고 싶은 물건을 말해주면 따로 선물을 사서 보내겠다고. 글쓴이가 게시글을 쓰게 된 이유는 바로 이 부분 때문이었다. 아이가 담당자에게 말한 선물은 고가의 '나이키' 운동화였다. 2018 러시아월드컵 한정판으로 나온 빨간 운동화는 일반 운동화에 비해 세배나 비쌌고, 구하기도 무척 힘들었다. 글쓴이는 자신도 신어본 적 없는 한정판 나이키 운동화 이름을 보고, 메일이 잘못 왔나 싶었다고 했다. 기초수급 대상자인 저소득층 아이가 이런 신발명을 안다는 것이 놀라웠으며 삼십만원이 넘는 신발을 사달라고 했다는 것도 믿을 수 없다고 밝혔다. 내용이 사실이 맞는지 해당 담당자에게 다시 메일을 보냈다. 담당자는 후원아동이 원하는 품목이 맞으며, 선물을 하지 않아도 된다는 냉담한 답을 보내왔다. 자신은 순수한 선의로 도우려 했는데 담당자는 자신을 선물 가격을 보고 주저하는, 속물로 대해서 몹시 불쾌하고 화가 났다고 했다. 몇년 동안 어려움에 처한 아동을 후원한 결과가 아동복지재단의 무례하고 어이없는 답변과 태도로 돌아왔다면서 글을 맺었다.

게시물은 처음 게시된 사이트에서 조회수 1위가 되었다. 여기저기 까페와 개인블로그 등 여러 SNS로 옮겨졌다. 대부분 삼십만원짜리 나이키 운동화를 사달라고 한 아이의 싸가지 없음에 열을 올렸다. 그렇게 비싼 신발을 사달라고 하는 뻔뻔함은 뭐냐, 받는 것에 익숙해서 고마움을 모른다는 댓글이 달렸다. 한쪽에선 말을 전한 담당자가 잘못했지 가지고 싶은 것을 말하라고 해서 대답한 아이가 무슨 잘못이냐. 저소득층 아이는 나이키 운동화 신으면 안 되냐, 글쓴이는 도대체 얼마짜리 선물을 하고 싶었던 거냐 등의 말들도 이어졌다. 각자가 아는 복지재단의 불공평한 처우와 부조리를 릴레이 경주를 하듯 끊이지 않게 폭로했다.

"이대리님 보셨어요?"

옆자리의 최간사가 물었다. 윤미는 까딱하고 고개를 끄덕였다.

"어떡해요? 진짜 이렇게 일이 커질 줄 몰랐어요. 아동에게 선물을 하고 싶다고 계속 메일을 보내서, 진짜 계속 부탁을 하길래 전달한 건데⋯⋯"

이 사건의 담당자가 바로 최간사였다. 최간사는 발을 동동 굴리고 손톱을 잘근잘근 씹으면서 같은 말을 반복했다. 이제 입사한 지 육개월이 된 최간사는 중학교 때 읽은 책 한권을 계기로 평생을 아동복지와 인권을 위해 힘쓰겠다는 비전을 품게 되었다고 한다. 자연스레 사회복지학과에 입학했고, 당연한 수순을 밟듯 NGO기관에서 인턴으로 근무한 뒤 지금의 아동복지재단에 입사를 했다. 아동의 인권과 복지를 위해, 직원의 인권과 복지는 반납할 수밖에 없는 복지기관이었지만, 최간사는 그 모든 것을 달게 받아들였다. 저 하나 희생해서 더 많은 아이들을 도울 수 있다면 기꺼이 제단 위의 순결한 번제물이 될 수 있다고 했다. 그런 최간사였기 때문에 나쁜 의도를 가지고 일처리를 했다고 보기는 어려웠다.

"매뉴얼대로 했어야 하는데, 아⋯⋯ 진짜 매뉴얼대로 했어야 하는데. 난 진짜 이런 일이 벌어질 줄 모르고. 애가 좋아하는 거 주고 싶었어요."

윤미가 책상 위에 있던 두루마리 휴지를 최간사에게 건네주었다. 최간사는 동그랗게 말린 휴지를 껴안고 눈물방울을 뚝뚝, 떨어뜨렸다. 댓글 공격을 받고 있는 아이에 대한 미안함 때문인지, 글을 쓴 후원자에 대한 섭섭함 때문인지, 아니면 일을 제대로 처리하지 못했다는 아쉬움과 제 의도는 그렇지 않았다는 억울함 때문인지, 그렇게 한동안 휴지를 끌어안고 앉아 있었다.

오렌지주스

"애가 좋아하는 거 주고 싶었어요."

윤미는 울고 있는 최간사를 보면서 생각했다. 해당 아동은 정말 나이키 운동화가 가지고 싶었던 걸까, 어떻게 제가 좋아하는 것을 떳떳하게 밝혔던 걸까. 그보다는 원하는 것이 무엇인지, 무엇을 좋아하는지 명확하게 알고 있기는 했을까. 윤미가 궁금한 것은 매뉴얼도, 후원자가 보여준 선의의 마음도, 최간사의 소박한 바람도 아니었다. 게시글 속 아동의 심리상태였다.

사회복지사가 방문하는 날이면 엄마는 어린 윤미에게 이런저런 집안일을 시켰다. 거실이자 부엌인 큰방과 침실 겸 공부방으로 사용하는 작은방의 먼지를 털고 청소하라고 했다. 평소 한번 닦고 나면 그만인 텔레비전 선반과 낮은 책상도 두번씩 꼼꼼하게 걸레질을 해야 했다. 배수

구에서 음식물쓰레기 냄새가 나지 않게 거름망 안의 찌꺼기들도 말끔히 치웠다. 세면대의 물때와 비눗갑에 허옇게 눌어붙은 잔비누도 초록색 솔로 박박 문질러 없앴다.

"미니슈퍼에 가서 오렌지주스 좀 사와라."

청소가 끝나면 엄마는 심부름을 시켰다. '미니'슈퍼라는 이름과 달리 슈퍼 안은 어린 윤미를 유혹하는, 매혹적인 물건들이 가득했다. 봉지째 놓인 감자스낵에선 짭조름한 소금기가 느껴졌고, 뚜껑이 굳게 닫힌 알록달록한 사탕병에선 달달한 단내가 났다. 냉동고 안의 아이스크림에선 입안이 얼얼할 만큼 찬 기운이 느껴졌다. 하지만 뱀의 유혹에도 선악과를 따지 않는 이브처럼 윤미는 모든 유혹을 뿌리치고 냉장고 앞으로 담담히 걸어갔다. 주저함 없이 유리문을 열고, 단정하게 서 있는 오렌지주스 한 캔을 들었다. 또르르르…… 주황색 알루미늄캔을 따라 작은 물방울이 흘러내렸다. 톡, 독사에게 물린 것처럼 물방울이 떨어진 자리에 강렬한 통증이 일었다. 맹독이 퍼지듯이 손바닥, 손등, 어깨를 따라 통증은 점점 번져나갔다. 급기야 윤미의 작은 입속까지 파고들었다. 불주머니를 삼킨 것처럼 입안이 따갑고 쓰라렸다. 활활 타오르는 불꽃 때문에 치아가 몽땅 녹아내릴 것 같았다. 윤미는 캔 뚜껑을 따서 차가운 오렌지주스를 벌컥벌컥 마시고 싶은 충동을 느꼈다.

"오늘 손님 오시나보네."

카운터에서 윤미를 지켜보고 있던 주인이 말을 걸었다. 한달에 한번, 셋째주 금요일마다 윤미는 오렌지주스 한 캔을 샀다. 슈퍼 주인은 집마다 CCTV를 설치해서 관찰하는 사람처럼 동네 사정을 훤히 꿰고 있었다. 윤미네 집에 누가 오는지, 왜 오는지, 무엇 때문에 오는지 속속들이 알았다.

"엄마 친구분들이 오세요."

윤미는 제가 한 생각을 떨쳐내면서 대답을 했다. 불경한 무언가를, 생각한 것만으로도 회개기도를 해야 하는 어떤 일을 떠올린 것처럼. 윤미는 카운터 위에 이백 밀리리터 오렌지주스 캔을 내려놓으며 야무지게 말했다. 윤미의 대답과 윤미의 표정과 윤미의 태도를 보고 있으면 정말로 엄마의 친구들이 집에 올 것처럼 느껴졌다. 세제와 갑티슈, 제철과일과 과자 상자를 포도송이처럼 주렁주렁 매단 지인들이, 지금이라도 당장 현관문을 열고 들어올 듯했다. 그런 윤미를 보며 슈퍼 주인이 어떤 표정을 지었는지 모르겠다. 윤미는 그것까지 계산하고 행동하기에는 너무 어렸다.

이백 밀리리터 오렌지주스는 두잔의 유리컵에 나뉘어

져 사회복지사와 복지재단 직원 앞에 놓였다.

"따로 드릴 건 없고 이거라도 드세요."

엄마는 집에 놀러 온 친구들을 대접하듯이 자연스레 말했다. 허리를 꼿꼿이 세우고 앉아 있는 것조차 힘이 들었을 텐데도 표정과 말투만은 여유와 기품이 넘쳤다.

"윤미야, 잘 지냈지?"

담당자가 묻는 질문에는 항상 '네'라고 말해야 한다. 무엇을 묻거나 질문을 해도 착하고 예의 바른 인상을 심어 주어야 했다. 윤미는 유리잔에 담긴 주황색 주스에서 눈을 떼지 못했다. 꾹꾹 눌러 담았던 갈증이 목구멍을 타고 슬금슬금 올라왔다. 윤미의 눈길을 읽은 담당자가 유리잔을 윤미 앞으로 옮겨 놓았다. 곁에 있던 엄마가 윤미를 향해 검은 눈썹을 씰룩였다. 해서는 안 되는 일이었다.

"없는 집 아이라고 얕보이면 안 돼."

엄마는 매번 같은 말을 했다. 없는 집의 '없다'가 무엇인지는 명확치 않았다. 돈, 아빠, 자가용 혹은 집이 없다는 건지. 건강과 직업, 사회적 지위라는 건지. 앞서 말한 모든 것이 없다는 건지. 엄마는 '무엇'이 무엇인지를 생략한 채, 윤미를 단속하고 단속했다.

비싼 브랜드 옷은 못 입어도 깨끗하게 빤 옷을 단정하

게 입는다. 학원을 다니진 못해도 숙제와 수행평가는 최선을 다해서 한다. 길거리음식을 먹으면서 돌아다니거나, 교복을 입은 채 남녀 짝을 지어서 노래방이나 PC방에 다니는 일도 하지 않는다. 없는 사람임을 표시 내지 않기 위해 엄마가 내린 십계명이었다.

그중 가장 중요한 율법은 절대로 무언가가 필요하다는 말을 하지 않는 것이었다. 그것이야말로 내가 가진 게 없음을, 무엇이 결핍되었는지를 공공연하게 떠벌리는 일이었다. 결핍은 벗기고 벗겨도 계속해서 껍질이 나타나는 양파와 같았다. 한겹만 벗기고 나면 괜찮아질 줄 알았는데, 또다시 얇은 껍질이 나타났다. 두 눈이 새빨갛게 되도록 나의 결핍을 벗기고 나면, 그 자리엔 어떤 것도 남지 않았다. 어느 누구도 양파의 씨앗, 열매 따위를 만들어주지 않았다. 그렇기에 엄마는 아주 오래전부터 윤미에게 말했다. '어떤 욕망도 드러내선 안 돼.' 어린 윤미에게 그 말은 신앙이 되었다. 윤미는 어떤 것도 사달라고, 필요하다고 떼쓰지 않는 '착한' 아이로 자랐다. 어른들은 그런 윤미가 없는 집 아이 같지 않다며 칭찬했다.

내 친구 쥬디

예정에 없던 확대회의가 열렸다. 윤미가 속한 결연관리팀과 미디어홍보팀, 사례관리팀이 대회의실에 모였다. 점점 악화되고 있는 여론을 어떻게든 수습해야 했다. 가장 화가 난 부서는 미디어홍보팀이었다. 어린이날을 앞두고 공중파 프로그램과 연계한 모금방송을 잡아놓은 상태였다. 이십년이 넘게 진행된 어린이날 특별방송은 아동복지재단에서 할 수 있는 가장 큰 행사여서 실수나 착오가 생기지 않게 더욱 주의를 기울였다. 물론 여느 날보다 후원자 수가 늘고, 모금액이 증가하는 날이기도 했다. 방송은 유명 연예인이 아동을 찾아가서 사연을 듣고, 이 아이에게 어떤 후원이 필요한지 스튜디오에 나와서 설명하는 방식으로 진행되었다. 출연 연예인에게는 장시간 비행기를 타고 해외 봉사를 가는 것에 비해, 상대적으로 적은 품을 들여 좋은 이미지를 쌓을 수 있는 기회였다. 팬덤이 강한 아이돌이나 평소 공익캠페인에 자주 참여해온 선한 인상의 연예인이 나오면 모금액수가 더 증가하기도 했다. 방송국 역시 공익에 힘썼다는 이미지를 얻을 수 있었다. 방송국과 연예인, 복지재단 모두에게 실보다는 득이 많은 프로그램이었다.

방송에 노출되는 아이들은 대부분 한부모가정의 저소득층 아이로 치료비가 많이 드는 난치병을 앓고 있었다. 방송을 통해 모금액이 모이고, 아동들이 치료를 받아 일상을 되찾는 과정을 보는 것은 이 일에 종사한 사람이 가질 수 있는 보람과 기쁨이었다. 각자가 한 작은 선행으로 어려운 환경에 있던 아이가 희망을 가지고 새로운 삶을 살게 되는 건 아동복지기관의 최종 지향점이었다.

그렇기에 윤미도 홍보팀원들이 화를 내는 이유를 충분히 이해할 수 있었다. 사력을 다해야 할 특별방송을 앞에 두고, 재단이 후원자와 삼십만원짜리 나이키 신발 싸움을 하고 있으니 말이다.

"시청자도 못 신는 한정판 운동화를 신겠다는 애한테 무슨 동정이 가고, 마음이 쓰여? 결연관리팀은 도대체 어떻게 일을 하고 다니길래 일을 이 지경으로 만드는 거야!"

평소 사람 좋기로 소문난 홍보팀장이 목소리를 높였다. 동정, 시혜, 구걸과 같은 단어는 아동복지재단의 금기어였다. 후원아동과 후원자에게 잘못된 인식을 심어줄 수 있는 단어들이었다. 홍보팀장은 미디어가 이를 재생산한다면서 종종 방송국과 신문사에 직인을 찍은 공식 문서를 만들어 발송하곤 했었다.

최간사가 자리에서 일어났다.

"죄송합니다, 팀장님. 그런데 후원자도 이전부터 이상한 부탁을 계속해왔어요. 자기 회사에서 하는 자선파티가 있는데 아이를 보내달라고 하고, 속옷을 사주고 싶으니 사이즈를 물어봐달라고도 했고요. 심지어는 후원금이 아동에게 제대로 사용된 게 맞는지 매일 지출내역을 명세서와 함께 팩스로 보내달라고도 했어요. 이런 요구들은 제가 다 막은 거예요!"

윤미 앞에서 눈물을 뚝뚝 흘리던 최간사가 당차게 제 할 말을 했다. 결과가 이렇게 나왔지만, 모든 잘못이 제게만 있는 것은 아니라는 의미였다.

"그런 후원자 한두명 봐? 지금 중요한 건 나이키 운동화지, 다른 말이 뭐가 필요해!"

홍보팀장이 목소리를 더 높였다. 입사 육개월 차인 최간사에겐 낯설고 부당했던 요구들이 복지기관에서 십년 이상 일한 홍보팀장에게는 그저 익숙하고 낯익은 일들이었다.

홍보팀장의 말대로 후원자가 모두 선한 의도를 가지고 후원을 하는 것은 아니었다. 대부분이 아동을 우선으로 여겼지만, 개중에는 자신의 재력과 명성을 과시하기 위해 후원활동을 하는 이도 있었다. 세상에 공짜가 어딨냐며 후원자의 부당한 요구에 후원 아동이 응해야 한다고 여기기도 했다. 어떤 이들은 후원금이 제대로 쓰였는지 집요하게 물었다. 분기별, 연도별로 후원금 사용내역과 사용출처를 책자로 만들어 발송해도 믿지 못했다. 후원금으로 기관의 직원들이 배를 불린다며 얼굴을 찌푸렸다.

입사 후 윤미도 겪은 일들이었다. 그때마다 윤미는 후원자들에게 말하고 싶었다. 후원이 필요한 아동을 찾아내고, 어떤 방식으로 어떻게 도와야 하는지를 직원들이 조사하고 고민하는 것을 아느냐고. 해외사업을 진행할 때는 언어를 배우고, 지리와 풍습, 문화, 생활습관까지 오랜 시간 연구하고 조사해야 했다. 그 모든 일들을 비영리기관인 아동복지재단에서 하며, 그렇기에 후원금으로 직원들의 인건비가 나갈 수밖에 없었다. 그렇다고 해도 일반 기업에 비해서는 박봉이었다. 하지만 이런 말들이 구걸 운운하는 상대방에겐 제대로 들리지 않는다는 것을, 윤미는 무수히 반복되는 항의 끝에 알게 되었다.

아까부터 윤미네 부서 팀장이 윤미와 홍보팀장, 최간사의 얼굴을 삼각형을 그리며 흘깃거렸다. 그중 가장 표시 나게 눈길이 머무는 곳은 윤미였다. 팀장은 배려와 위로의 씀씀이가 넘치는 사람이었다. 팀원 모두에게 마음을 주고, 일로 인해 마음을 다치는 일이 없길 바랐다. 하지만 그런 배려와 마음 씀씀이가 누군가와 누군가가 다르다는 것을, 무의식적으로 구별한 데서 비롯된다는 사실은 모르는 사람이었다. 윤미가 팀장을 둔하고 눈치 없는 인물로 여긴다는 것도 물론 알지 못했다.

윤미는 팀장이 만든 삼각형의 가운데 꼭짓점에 자신이 있다는 것을 알아챘다. 윤미 한번 보고 홍보팀장을 보고, 윤미 한번 보고 최간사를 한번 보았다. 윤미는 팀장의 바람대로 안정적인 정삼각형을 완성하고픈 마음이 없었다. 오른편 벽시계를 향해 상체를 확, 틀어버렸다. 꼭짓점을 이탈해서 삼각형을 무너뜨렸다.

"그만들 좀 하세요. 뭐라고 말을 해도 가장 속상한 사람은 후원아동이에요. 기대했던 선물을 못 받았잖아요."

윤미를 보던 결연관리팀 팀장이 회의를 끝내려는 듯 의자에서 벌떡 일어났다. 탁, 소리와 함께 접이식 의자가 회의실 바닥으로 넘어갔다. 윤미는 벽시계에서 시선을 거둬 팀장을 바라보았다. 팀장과 윤미의 눈이 마주쳤다. 아동이 속상할 거라는 팀장의 말이 화살처럼 날아들었다.

오래전, 윤미도 TV방송에 출연한 적이 있다. 크리스마스 특별 프로그램이었다. '이 시대의 신사임당'이라 칭송되는 중년의 배우가 윤미네 집을 찾았다. 윤미의 엄마보다 열살은 족히 많았으나, 투명하고 맑은 피부는 중학생인 윤미보다 좋아 보였다. 배우는 윤미집 곳곳을 시대극 세트장에 온 듯 구경했다. 가끔씩 윤미와 엄마에게 말을 건넸다. 개인적인 호기심에 기반을 둔 사변적인 질문들이었다.

"책 좋아하니?"

"네."

배우가 윤미의 낮은 책상을 쳐다보곤 다시 물었다.

"무슨 책?"

"헤르만 헤세의 『데미안』이요."

윤미와 배우의 대화를 듣던 담당PD가 메인작가를 불렀다. 두 사람의 대화에서 좋은 아이디어가 떠올랐다는 것이다. 메인작가가 다시 윤미를 호출했다. 배우의 질문에 『키다리 아저씨』를 답하라고 주문했다. 윤미도 잘 알고 있는 책이었다. 지겹도록 많이 들은 제목이었다. 윤미는 그 책이 중학교 2학년이 즐겨 읽는 책으로는 어울리지 않는다고 생각했다. 밑줄 긋고 싶은 문장도 없고, 줄거리나 구성 역시 엉성하다고 여겼다. 키 큰 오빠도 아니고 키다리 아저씨라니. 촌스럽기 짝이 없는 제목이었다.

하지만 담당PD와 메인작가는 키다리 아저씨라고 답해야 한다며 힘주어 말했다. 쥬디처럼 씩씩하고 밝게 자라서 자신을 도와준 키다리 아저씨에게 보답하고 싶다는 내용을 덧붙이자 했다. 중년의 배우는 자신이 좋은 아이디어를 제공했다면서 뿌듯해했다.

윤미의 의사와는 상관없이 프로그램의 방향이 정해졌다. 메인작가는 윤미의 교복치마가 반질반질 닳아서 반짝일수록, 운동화 뒤축이 납작하게 눌릴수록 좋은 그림이 나온다며 윤미를 설득했다. 생크림이 눈처럼 뿌려진 크리스마스 케이크를 먹던 안방의 시청자들이 전화기를 들어 후원금을 보낼 확률이 높다고 말이다. '없는 사람'임을 윤미의 입을 통해 드러내선 안 되었지만, 미디어라는 방식을 통해 드러내면 결과가 확연히 달라졌다. 윤미를 단속하던 엄마도 이런 일에는 손을 놓았다. 그것은 윤미를 힘들게 하는 일이었지만, 아무것도 해줄 수 없는 엄마에게는 최선의 방법이었다는 걸 윤미는 한참의 세월이 지난 후에야 알게 되었다.

윤미는 메인작가가 써준 대로 '내 친구 쥬디에게'라는 편지를 낭송했다. 일주일에 두번씩 신장투석을 받는 어머니와 사는, 착하고 성실한 여중생의 모습이었다. 교복을 입고 엄마 병간호를 하고, 집 청소를 하며, 공부하는 윤미의 모습이 고스란히 브라운관을 통해 방영되었다. 편지는 많은 시청자들의 눈물샘을 자극했다. 시청자들은 크리스마스 선물을 하듯 수화기를 들어 윤미네를 후원하겠다고 밝혔다. 착한 아이에게 선물을 주는 산타 할아버지가 되어, 울지 않고 꿋꿋하게 살아가는 윤미를 응원했다.

큰 모금액이 모였고 윤미네는 실질적으로 많은 도움을 받았다. 윤미는 새 교복과 운동화와 높은 책상과 의자를 선물 받았다. 담당PD가 생크림 케이크와 『데미안』을 사서 방문했다. 윤미와 엄마, 담당PD는 달콤한 케이크를 나눠 먹고, 촬영 뒷이야기와 방송 내용을 주고받으며 즐거운 시간을 보냈다. 윤미는 까만색 표지의 『데미안』을 책상에 딸린 책꽂이에 꽂아놓았다. 『데미안』이 읽고 싶을 때면, 책상 위의 스탠드를 켜고 의자에 앉아 책을 읽었다.

새는 알에서 나오려고 투쟁한다. 알은 세계이다. 태어나려는 자는 하나의 세계를 깨뜨려야 한다.

『데미안』에서 가장 좋아하는 구절을 일기장에 적었다. 그러다가 『데미안』과 『키다리 아저씨』의 간격을 찬찬히 짚어보았다. 제일 좋아하는 책이 『키다리 아저씨』인지 『데미안』인지 혼자 묻기도 했다. 그에 대한 답을 비밀일기장에 적었다가 아무도 몰래 지웠다.

그리고 한동안 전교생에게 쥬디로 불렸다. 윤미가 원한 이름은 아니었으나 윤미는 제 이름을 선택할 권리가 없었다.

다시, 오렌지주스

윤미가 고등학교 3학년이 되었다. 윤미의 집안 사정을 알던 담임은 특별전형으로 사회복지학과에 지원할 것을 추천했다. 윤미의 내력이야말로 사회복지학과에서 원하는 내용이라고 했다. 한부모가정에서 힘들게 자란 후원아동이 바르게 성장해서, 자신과 같은 처지의 아이들을 돕겠다는 자기소개서야말로 자기소개서의 정점이라고 말이다. TV출연 경험까지 있으니 다른 지원자와의 차별성도 갖춘 셈이었다. 윤미는 사회복지학과에 입학하고 싶은 마음이 없었다. 누군가를 돕거나, 상대를 위해 헌신하고픈 마음도 없었다. 책을 좋아하는 윤미는 철학과에 가서 여러 사상가의 책들을 읽고 배우고 싶었다. 문예창작과에 진학해서 글을 쓰고 싶기도 했다. 물론 제 이야기를 소설이나 시로 쓸 생각은 전혀 없었다.

하지만 윤미는 고민에 빠졌다. 담임의 말대로 특별전형에 지원을 하면 무난히 대학교에 합격할 수 있을 것 같았다. 사실 윤미는 바르고 성실한 학생이었지만 공부를 잘

하는 학생은 아니었다. 인문계 고등학교에서 흔히 볼 수 있는 별다른 특징 없는 열아홉 소녀였다. 단지, 기관의 보조를 받으면서 사는 사람들을 생각할 때, 바로 떠올리게 되는 이미지에서 조금 벗어난 학생일 뿐이었다.

그래서 윤미는 고민이었다. 원하지 않는 학과라도 대학생이 될 수 있는 기회를 잡아야 하는 것인가, 아니면 수학능력시험까지 공부를 해서 원하는 학과에 지원할 것인가. 키다리 아저씨의 쥬디라면 고민 없이 후자를 선택했을 것이다. 제 능력을 믿고, 밝고 건설적인 미래를 진취적으로 설계하면서 말이다. 그러나 윤미는 쥬디가 아니었다. 동화책 속 쥬디처럼 제 힘으로 열심히 해서 무언가를 만들어 나갈 수 있는 시대에 살지도 않았다. 윤미는 제가 쥐고 태어난 숟가락이 무슨 색인지 잘 알았다. 숟가락 색을 들키지 않기 위해 이제껏 갖은 애를 쓰면서 살아왔다. 카멜레온처럼 보호색을 만들면서 숟가락의 색을 그때그때 바꾸려 했다. 그러니 현실을 직시하고 제가 할 수 있는 일을 선택해야 했다. 어떤 선택을 하느냐에 따라 앞으로의 인생이 다르게 펼쳐질 것 같았다.

조퇴를 하고 윤미와 엄마는 시에서 지정한 의료기관을 찾았다. 윤미는 이제 엄마를 업거나 안을 수 있을 만큼 키가 크고 체격이 좋았다. 엄마의 병색은 시간이 갈수록 짙어졌다. 마른나무처럼 생기가 없고 시들어갔다. 윤미는 저보다 머리 하나가 더 작은 엄마가 언젠가 자신을 떠날 수도 있겠다는 생각을 했다. 그런 생각이 들자 엄마를 부축하던 손에 힘을 주어, 더 굳건하게 엄마를 받쳤다.

"사회복지학과로 가."

병원 대기실에서 엄마가 말했다.

"하고 싶은 대로 하면서 살기엔 세상이 그렇게 만만하지 않아. 우리 형편에 대학이라니. 사람이 분수를 알고 살아야지."

담임이 특별전형 원서를 쓰길 바란다며 엄마에게 전화를 했다. 수능시험을 치지 않고 서류와 면접만으로 합격 여부를 결정하는데, 단정하고 바른 인상의 윤미는 높은 점수를 받을 것이라고 말했다. 오랫동안 윤미를 후원해온 복지재단장의 추천서까지 있으면 합격은 백 퍼센트라는 말도 했다.

엄마는 전화를 받은 것만으로도 윤미가 대학에 들어간 것처럼 기뻐했다. 곱슬곱슬 파마머리를 한 윤미가 캠퍼스를 누비는 모습을 상상했다. 자신은 경험해보지 못했지만, 윤미만은 대학 캠퍼스의 낭만과 여유를 느껴보기를 바랐다.

"분수를 알아야지, 우리 분수를."

엄마는 신장투석실에 들어가면서 다시 한번 힘주어 말했다. 얇고 메마른 다리와 달리 목소리만은 철로 만든 파이프처럼 단단하고 곧았다.

혈관 여기저기에 바늘을 꽂은 채 엄마가 침대 위에 누웠다. 엄마의 몸속에서 나온 붉은 혈액들이 투명한 호스를 타고 병원 곳곳을 돌아다녔다. 파랗고 노란 버튼이 붙은 기계를 통과해서 다시 엄마의 몸속으로 천천히 흘러들어갔다.

윤미는 간이의자에 앉아 붉고 묽은 체액이 빙글빙글 돌아다니는 광경을 말없이 보았다. 윤미의 피와 닮았으면서도 다를 엄마의 피와 살과 체취를 생각했다. 분수를 알라는 엄마의 말과 키다리 아저씨를 답하라던 방송국PD와 사회복지학과 원서를 펄럭이던 담임의 얼굴을 떠올렸다. 투석기에서 나온 피들이 좀더 빠르게 움직이기 시작했다. 노폐물을 제거한 맑은 피가 엄마의 노쇠한 몸뚱어리로 스며들었다. 창백했던 얼굴에 생기가 돌고, 표정이 환해지는 것 같았다. 버석거리던 몸통에서 찰랑이는 물소리가 났다. 순간, 윤미는 팽팽하게 부풀어 오른 호스를 가위로 잘라버리고 싶은 충동을 느꼈다. 잘려진 호스에서 쏟아져 나온 순정한 피로 병실 바닥이 흥건하게 물들기를 바랐다. 차가운 바닥이 붉은 피로 뜨겁게 달아오르길 원했다. 그 장면을 보면서 살얼음이 낀 오렌지주스 한 캔을 벌컥벌컥 마시고 싶었다. 모든 갈증과 결핍, 해소되지 않은 욕망들이 오렌지주스 캔에 붙은 물방울과 함께 일제히 폭발해버릴 것 같았다.

윤미가 고개를 세차게 흔들었다. 난데없는 살의와 무서운 욕망, 끔찍한 상상에 놀라 몸을 떨었다. 자리에서 벌떡 일어나 엄마 앞으로 갔다. 숨을 쉴 때마다 가죽만 남은 엄마의 배가 오르락내리락했다. 얼굴빛은 여전히 창백했다. 윤미는 안도의 숨을 쉬었다.

고등학교 졸업과 대학 입학을 앞둔 윤미의 상황은 일간지를 통해 알려졌다. 성실하고 착실한 저소득층 후원아동이 자신과 같은 아동을 돕기 위해, 사회복지학과에 지원해 합격했다는 내용이었다. 기사를 본 재단 측에서 윤미에게 장학금을 지급했다. 윤미는 엄마의 바람대로 곱슬곱슬 파마머리를 한 여대생이 되었다.

시간이 흘러 졸업 시즌이 되었다. 취업문은 좁고 높아졌으며 청년들은 일자리를 얻기 힘들었다. 윤미는 취직을 하고 돈을 벌고 싶었다. 그사이 엄마는 윤미 곁은 떠났다. 홀로 남은 윤미는 더욱 철저하게 홀로서기를 해야 했다.

이제 더이상 심리적, 물리적으로 윤미를 '후원'해줄 어른이 없었다. 구직 사이트에서 아동복지기관의 채용공고문을 보았다. 정부의 방침에 따라 윤미를 후원하던 NGO기관도 입사조건을 대폭 수정했다. 학점과 스펙이 아니라 열정과 헌신, 아이들을 향한 마음과 사랑을 입사기준의 첫 항목에 둔다고 하였다. 그들이 원하는 자기소개서를 쓰고, 면접을 볼 수 있을 거라는 확신이 들었다. 어쩌면 자신이야말로 힘든 아동들을 도울 수 있는 적격의 인물이지 않을까 싶었다. 제가 받았던 도움과 지원들, 그리고 기피하고 싶던 순간들을 기억하며 후원아동들을 대한다면 탁월한 전문가가 될 것 같았다. 이전엔 생각하지 못했던 아이디어, 프로그램들이 분수처럼 솟아올랐다. 윤미는 진심을 다해 자기소개서를 썼다.

"안녕하세요? 신입사원 이윤미입니다."

윤미가 허리를 구부려 꾸벅 인사를 했다. 파티션 너머로 팀원들의 얼굴이 두더지처럼 솟아올랐다. 윤미를 처음 보면서도 오랫동안 알고 지낸 사람처럼 대했다. 친숙하면서도 경계하는 눈빛을 보냈다. 그렇게 윤미는 아동복지재단의 신입사원이 되었다. 그리고 윤미의 드라마틱한 소식은 사보지를 통해 전직원에게 알려졌다. 윤미는 크리스마스 특집 방송에 출연했던 어린 시절처럼 또 한번 유명인사가 되었다. 회사의 모든 이들이 윤미의 역사를 알았다.

다시, 빨간 운동화

홈페이지에 재단의 공식입장이 올라왔다. 포털사이트에 올라온 후원자의 글과 댓글을 읽으면서 재단도 자신들의 태도를 다시 한번 되돌아보고 반성했다고 밝혔다. 하지만 다른 의도 없이 아동이 원하는 물건명을 전달한 것이 맞으며, 그 과정에서 후원자의 마음을 상하게 한 점은 죄송하다고 사과했다. 앞으로 이런 일에 대해서 좀더 조심하고, 섬세하게 접근해서 해결하겠다며 공식사과문을 맺었다.

아동복지재단의 입장이 나오자 게시글을 썼던 후원자는 원본 글을 삭제했다. 이를 두고 네티즌 사이에서 많은 말들이 오고갔으나 재단 측에선 아무런 대응을 하지 않았다. 더이상 일을 키우지 않기로 내부회의에서 결론을 내렸다.

대신 결연관리팀의 최간사가 해당 아동을 만나보기로 했다. 팀장은 해당 아동이 인터넷상의 글을 보았을 것이며, 마음을 다쳤을 것이라 추측했다. 정기지원을 나가는 것처럼 약속 날짜를 잡고 아이 상황을 살펴보기로 했다. 최간사는 혼자서는 도저히 못 가겠다면서 윤미에게 동행 해달라고 부탁했다.

윤미는 선뜻 같이 가겠다는 말을 하지 못했다. 입사 후 많은 아동들을 만나 프로그램을 진행했었다. 전화, 대면, 방문인터뷰를 했고, 그때마다 윤미는 일을 탁월하게 잘 해내었다. 아동에게 해야 하는 말과 하지 말아야 하는 말, 취하거나 버려야 하는 표정과 태도를 본능적으로 알고 있 었다. 윤미는 훌륭한 프로그래머이자 상담사였다.

이번 일은 담당자가 아니기에 부담 없이 방문하면 되 는 거였다. 윤미는 본 적 없는 빨간 운동화를 떠올렸다. 무 엇이 아이로 하여금 제 욕망을 드러내게 했는지 궁금했 다. 짐작이 가지 않는 그 마음에 계속해서 신경이 쓰였다. 한편에선 가지 말라는 소리가 메아리처럼 돌아왔다. 개인 적인 호기심으로 동행하기에는 윤미가 감당하지 못할 어 떤 일들이 벌어질 것 같았다. 팀장의 말처럼 상처받은 아 이의 맨얼굴을 오롯이 대면해야 할 수도 있었다. 찢어진 마음을 꿰매려 한들, 그 자국까지 지울 수 있는 건 아니었 다. 윤미는 제 얼굴과 비슷한 누군가의 얼굴을 마주할 수 있을지, 머뭇거려졌다.

최간사가 패스트푸드 가게 문을 열고 들어갔다. 창가에 있던 남자아이가 자리에서 일어섰다. 윤미보다 두 뼘 이상 키가 크고, 턱수염이 거뭇거뭇 난 고등학생이었다. 옆자리에는 교복 재킷이 가지런히 걸려 있었다. 작고 어린 남자아이를 상상했던 윤미는 성인 남자처럼 보이는 후원아동의 모습에 흠칫 놀랐다.

"오랜만이네요, 쌤."

남학생이 말했다.

"그러게. 집에서만 보다가 이렇게 보니 또 다르네."

최간사가 친근한 목소리로 답했다. 할머니는 몸이 좀 나아지셨는지, 학교생활은 잘하고 있으며, 지난번 고친 수도시설은 괜찮은지에 대한 이야기가 오갔다.

윤미는 남학생에게서 눈을 떼지 못했다. 햄버거와 감자 튀김, 콜라 세트를 다 먹은 남학생은 옆집 누나에게 말하듯, 햄버거가 더 먹고 싶다고 했다. 최간사의 카드를 받아서 빅사이즈 불고기 햄버거를 하나 더 사왔다. 콜라는 무료 리필을 받아서 돈이 굳었다며 손가락 브이를 했다. 입을 크게 벌려 햄버거를 한번에 베어 물고는 콜라를 들이켜 마셨다. 꿀꺽, 꿀꺽, 콜라를 삼킬 때마다 굵은 목울대가 함께 움직였다. 최간사와 시시껄렁한 농담을 하고 서슴없이 장난을 쳤다. 중간중간 스마트폰으로 친구에게 카톡을 보냈다. 그 모습이 너무 자연스러워서 오히려 윤미는 어색하고 이상했다.

"혹시 봤니?"

"뭐요?"

"……운동화 말야."

"아, 그거요. 신경 쓰지 마세요. 쌤."

남학생은 대수롭지 않다는 듯이 손사래를 치며 말했다. 이미 게시글을 보았고 어떤 이야기가 오갔는지까지 줄줄이 꿰고 있었다. 남학생의 이야기가 이어질수록 윤미는 제 얼굴이 점점 달아오르는 것을 느꼈다. 뜨거운 차를 들이켠 것처럼 속에서 열이 나고 화끈거렸다. 그런 마음을 들킬까 싶어 윤미는 더 열심히 이야기를 들으려 했다.

"미안하네. 내가 일을 제대로 못해서."

최간사가 고개를 떨궜다. 이미 남학생도 사건의 전모를 다 알고 있는 상황에서 숨기거나 피할 이유가 없었다.

"진짜 괜찮다니까요, 쌤. 자기도 없는 거 사달라고 해서 빡쳤겠죠. 근데 진짜 필요한 거 말하라고 해서 말한 건데. 초딩도 아닌데 이 나이에 가오 빠지게 짝퉁 신기도 그렇고…… 근데, 쌤. 이거 보세요!"

남학생이 의자 옆으로 한쪽 다리를 쭉 빼서 들었다. 긴 다리 끝에 2018 러시아월드컵 한정판 빨간색 나이키 운동화가 신겨 있었다. 윤미와 최간사가 두 눈을 동그랗게 뜨고 운동화를 쳐다보았다. 아무도 예상하지 못한 일이었다. 두 사람의 모습이 재미있다는 듯 남학생이 낄낄거리며 큰 소리로 웃었다. 웃을 때마다 누런 앞니가 반짝였다.

"알바 더 했어요. 원래는 할머니 휠체어 수리하려고 모으는 중이었는데. 아저씨 글에 개빡치기도 하고, 키보드 워리어들 땜에 짱나서 그냥 제 돈으로 시원하게 질렀습니다!"

남학생은 자리에서 일어나 두 발에 신긴 빨간색 운동화를 다시 한번 보여주었다.

아아, 빨간 운동화! 윤미는 남학생의 신발에서 눈을 뗄 수가 없었다. 운동화 끈을 꽉 묶을 때처럼 가슴 한쪽이 뻐근해지면서 아려왔다. 멀리 있으면서도 가까이 있고, 벗어나고 싶지만 벗어날 수 없던 시절들이, 채울 수 없는 욕망과 커져만 가던 결핍들이 윤미 곁으로 천천히 내려앉았다. 누군가가 운동화 끈보다 더 두껍고 억센 줄로 심장을 쥐어짜는 듯했다.

"이대리님, 갑자기 얼굴이 너무 창백해요. 괜찮으세요?"

최간사가 윤미를 보며 물었다. 최간사와 같은 얼굴을 한 남학생도 영문을 모르겠다는 듯 윤미를 바라보았다. 윤미는 아무 일도 아니라며 애써 웃어 보였다. 입꼬리가 파르르 떨렸다. 무슨 말이라도 해야 할 것 같은데 말이 나오지 않았다. 그 모습을 숨기려고 고개를 숙였다. 탁자 아래로 남학생의 운동화가 보였다. 마치 맞춤제작을 한 것처럼 꼭 맞았다. 후원아동이 발을 움직이자 빨간 운동화에서 나온 붉은빛들이 주변으로 번져 나갔다. 서서히 퍼져 나가는 맑고 환한 불빛들. 윤미는 그 빛들을 보기 위해 두 눈을 크게 떴다.

• 참고도서
헤르만 헤세 『데미안』, 전영애 옮김, 민음사 2000.

지진주의보

새로 문을 연 까페는 작고 아담했다. 테이블 위에는 라벤더향이 나는 소이캔들과 색이 바랜 드라이플라워가 놓여 있었다. 천장에 매달린 검은 스피커에선 피아노 연주곡이 낮게 흘러나왔다. 두 벽면을 메운 통유리창으로 햇살이 잘게 부서지며 들어왔다. 까페는 물이 가득 담긴 어항 속처럼 고요하고 잠잠했다. 손님은 나와 승민뿐이었다.

잔잔한 수면에 파문을 일으킨 건 승민이었다. 그가 자리에서 일어나 나무의자를 테이블 안으로 밀어넣고 출입문을 향해 걸어갔다. 베이지색 트렌치코트가 구김 하나 없이 말끔했다. 문을 열자 딸랑, 하며 붉은 구리종이 몸을 떨며 울었다. 찬 공기가 덩어리째 실내 안으로 몰려 들어왔다. 소이캔들의 주황색 불꽃이 차가운 공기와 뒤섞이며 일렁거렸고, 작은 공간은 라벤더향으로 꽉 차올랐다. 농도 짙은 라벤더향에 숨이 제대로 쉬어지지 않았다. 나는 숨 고르기를 하는 달리기 선수처럼 몇번이나 심호흡을 했다. 아이스 아메리카노를 단숨에 들이켜 마시고, 레몬을 넣은 얼음물도 마셨다.

"캐모마일티 한잔 드릴까요? 아이스보다 따뜻한 음료가 필요하실 것 같은데…… 서비스예요."

카운터 앞에 앉아 있던 여자가 나를 향해 말했다. 아마도 여자는 나와 승민의 대화를 모두 들었을 것이다. 굳이 엿들으려 하지 않아도 좁은 공간 안에선 마이크를 들고 말하는 것처럼 소리가 컸을 테니까.

"캐모마일 안 좋아해요."

여자의 친절을 거절하는 것이 마지막 남은 자존심을 지키는 방법이라도 된다는 듯, 나는 단호하게 답했다. 그것이 의례상 하는 서비스일지라도 나를 측은하게 여기는 마음에서 비롯된 것만 같았다. 여자가 뭔가를 말하고 싶은 듯이 머뭇거리더니 다시 의자에 앉았다. 피아노 연주곡을 끄고, 비트가 빠르고 시끄러운 최신 유행곡을 틀었다. 어항 속 같던 까페가 해일을 맞은 것처럼 요동쳤다. 어떤 이야기를 해도 여자가 있는 자리까지 들리지 않을 것 같았다. 승민에게 전화를 걸거나 친구에게 연락을 해도, 혹은 나 혼자 울기 시작해도.

그런 생각이 들자 여자의 친절을 거절한 것이 도리어

무안해졌다. 오기와 배짱, 자존심과 분노는 여자가 아니라 승민을 향했어야 하는데. 입술조차 달싹이지 못해놓고 이제 와서 왜 여자에게 이러는 것일까. 나는 자꾸만 비뚤어지는 마음을 바로 잡고자 서둘러 가방을 챙겨 까페를 나왔다.

"또 오세요."

여자가 밝고 경쾌하게 내 등에 대고 소리쳤다. 그것이 야말로 으레 하는 인사여서 나는 무안했던 마음을 접기로 했다.

봄볕이 따뜻해도 옷 속으로 파고드는 바람은 제법 차가웠다. 공기 속에 아직 겨울 냄새가 남아 있었다. 나는 재킷 깃을 올리고 호주머니 안에 두 손을 넣었다. 목덜미를 따라 잔열매 같은 소름이 돋았다. 다정하게 팔짱을 낀 연인이 내 옆을 스쳐나갔다. 그들에게서 싱그러운 봄꽃 향기가 났다. 같은 시간과 공간을 지나고 있는데, 그들과 나 사이에는 뛰어넘을 수 없는 계절의 시차가 존재하는 것 같았다. 그 시차를 극복하기 위해 잰걸음으로 걸으면 그들은 내가 걷는 보폭과 걸음 수만큼 저만치 앞으로 걸어 나갔다. 서로 교차하지 않는 평행선처럼 테이블 건너편의 승민도 나와의 거리를 그렇게 유지하고 있었다.

"헤어지자."

어떤 주저함이나 망설임, 그것도 아니면 조금의 미안함이라도 있을 법한데. 그의 목소리는 단호하고 건조했다. 오랫동안 이 순간을 준비한 사람처럼 정확하고 명료하게 해야 할 말들을 했다. 평소의 그에게선 볼 수 없는 모습이었다. 사실 흔들리는 건 승민이 아니라 나였다. 유리컵 안의 커피가 흔들흔들했다. 동그란 테두리를 따라 물수제비가 일었다. 테이블 위의 마른 꽃이, 곱게 접어놓은 티슈가 들썩였다. 바람이 불지 않는데도 출입문의 구리종이 요란하게 몸을 떨었다. 딸랑딸랑, 딸랑. 나를 대신해서 승민에게 어떤 이야기를 하는 듯했다. 나는 자꾸만 기울어지는 상체를 바로 잡으려 안간힘을 썼다. 그에게 기대고 싶은 마음이 커피처럼 왈칵, 쏟아질 것만 같았다.

삐삐, 삐삐삐삐. 호주머니 속에서 휴대전화가 경고음을 보냈다. 지나가던 사람들이 같은 자세로 멈춰 서서 스마트폰을 들여다보았다.

긴급재난문자: [국민안전처] 03.18. 13:25. 대한민국 K시 남남서쪽 11km 지역 규모 5.3 지진 발생/ 여진 등 안전에 주의 바랍니다.

방금 온 재난문자였다. 메시지는 그전에도 세개가 더 와 있었다. 11:43, 11:57, 12:03. 모두 같은 내용이었다. 지진이라니, 지진. 과학시간에 배운 단어가 내 앞에 배달되어 있었다. 그러니까 휘청거리던 몸은 승민과의 이별 때문만이 아니었다. 그 시각, 땅속 어느 곳에서 격렬하고 저돌적인 움직임들이 실제로 일어났던 것이다. 울컥했던 마음과 테이블 위로 쏟아진 커피가 물리적 진동에 의한 것이라는 게 묘한 위로가 되었다. 나의 안전을 걱정하는 지인들이 문자메시지를 보내왔다. 부재중 통화 목록에 '엄마'가 떠 있었다. 연달아 다섯통을 걸 만큼 내가 걱정된 건지. 나는 꽉 잠긴 목소리를 풀며 통화 버튼을 눌렀다. 몇번의 신호음 끝에 전화를 받은 사람은 엄마가 아니었다.

* * *

유리문을 밀고 병원 안으로 들어갔다. 계절과 무관하게 느껴지는 병원만의 서늘하고 낯선 온도, 형광등의 조도를 높여도 어둡게 느껴지는 복도와 대기실은 이곳이 어딘지를 알려주고 있었다.

긴 복도 끝, 응급실 간이침대에 엄마가 누워 있었다. 팔 여기저기에 주삿바늘을 꽂고, 인공호흡기에 의지해 간신히 숨을 쉬었다. 한번도 상상해보지 않은 장면이었기에 눈물조차 나지 않았다. 침대 옆 보호자석에 서너명의 사람들이 앉아 있었다. 그들이 같은 각도와 표정으로 나를 올려다보았다. 세 사람의 눈빛이 설핏 까페 여자와 닮은 듯했다. 진심으로 나를 걱정하고 염려하는, 아니 마치 솜인형처럼 누워 있는 엄마를 애달파하는 마음들. 이번만은 으레 짓는 표정이 아니었다.

"어떻게 된 일이에요?"

그중 익숙한 얼굴에게 물었다. 엄마 오른편 계산대를 맡고 있는 양숙 이모였다.

"창고에 갔다가…… 사다리에서 떨어지셨어……"

양숙 이모의 흰 눈동자가 붉게 달아올랐다.

"사다리요? 엄마가 왜?"

내 말이 끝나기도 전에 보호자석에 앉아 있던 한 남자기 일어섰다. 짧게 자른 스포츠머리에 동그랗고 작은 눈, 얇은 입술을 가진 이였다. 유니폼의 명찰에는 '사원 김민철'이라고 적혀 있었다. 남자는 눈꺼풀을 심하게 껌벅이며 주위를 둘러보더니 말을 꺼냈다.

"죄…… 죄송합니다. 아시다시피 저희 마트는 대기업에서 직영으로 운영하는 정식 매장입니다. 어머니도 이년의 근속기간이 지나 정직원으로 전환되셨고요. 직장 상사의 갑질이나 횡포, 임금 체불 등의 일은 없었습니다. ……
물론 마트 내 안전시설이나 장비의 문제도 절대로, 절대
로 아닙니다."

남자가 '절대로'라는 부사어를 연속해서 두번 말한 후,
마른 입술에 침을 발랐다. 남자는 마트 로고가 선명하게
박힌 연회색 유니폼을 입고 있었다. 엄마와 양숙 이모도
같은 유니폼을 입었는데, 차이라면 엄마는 긴팔 티셔츠
위에 회사로고가 찍힌 얇은 반팔 티셔츠를 덧입었고 남자
는 품이 넓고 충전재가 두툼하게 들어간 점퍼를 입었다는
점이었다.

"그럼 무슨 일이에요?"

내가 다시 묻자 남자는 기다렸다는 듯이 다음 말을 꺼
냈다.

"운이 안 좋았습니다. 그때 지진이 일어났거든요."

그러니까 이건 마트와 대기업, 관리직 남자가 막을 수
없는 불가항력적인 일이었다는 것이다. 과학기술의 발달
이나 사회제도, 시스템의 발전과는 무관한, 모든 일의 예
외 조항으로 덧붙여지는 천재지변 말이다. 남자의 말대로
운이 안 좋은, 재수가 없었던 일로 취급할 수밖에 없는.

남자와 양숙 이모의 말을 종합하면 이러했다. 오늘 연
차를 낸 창고 직원을 대신해서 작업 과정을 잘 아는 엄마

가 창고에 물건을 찾으러 들어갔다. 높은 선반에 있는 상품을 내리기 위해 사다리에 올라갔고, 엄마가 가장 높은 지점에 올라가 있는 그 짧은 순간, 난데없이 지진이 일어났다. 바닥이 동서남북으로 움직였다. 사다리를 잡고 있던 직원이 손을 놓으면서 넘어졌다. 사다리가 세게 흔들렸고, 중심을 잃은 엄마는 차가운 시멘트 바닥으로 떨어졌다. 엄마의 팔과 다리, 가슴, 배, 눈과 코 위로 선반 위의 육중한 물건들이 일제히 떨어졌다.

"한국에 지진이 일어날 줄 누가 알았겠어요."

말을 마친 남자가 다시 한번 주위를 둘러보았다. 옆자리 환자와 보호자를 의식해서인지 마트 로고가 찍힌 점퍼를 슬그머니 벗었다. 안감이 보이도록 점퍼를 개켜 팔에 걸쳤다. 그 바람에 남자의 점퍼에 있던 명찰도 보이지 않게 되었다. 사원 김민철. 팀장, 과장도 아니라 사원이었다. 엄마가 근무시간 중 쓰러져 의식을 잃었는데 회사는 벌벌 떨고 있는 사원을 보내 수습하려 했다. 그것이 엄마를 대우하는, 천재지변을 대하는 회사의 태도였다. 울컥, 울컥 화가 치밀어 올랐다.

"내가 같이 갔어야 하는데, 내가."

엄마와 같은 유니폼을 입은 양숙 이모가 혼잣말처럼 중얼거렸다. 하루 종일 소고기와 샴푸, 칫솔, 생리대, 고등어, 종량제봉투와 플라스틱 그릇, 영수증을 만지는 양숙 이모가 옆 계산대에서 똑같은 물건들을 만지고 나르며 포장하던 엄마의 거친 손을 잡으면서 말이다.

병원 복도 의자에는 나를 포함해 중환자실 환자 면회를 기다리는 보호자들이 예닐곱명 앉아 있었다. 복도 한편의 TV에선 지진 관련 뉴스가 나왔다. 공중파 방송은 전부 지진과 관련된 내용이었다. 지진 전문가가 출연해서 해마다 한반도 대륙판이 어떻게 움직이는지 수치와 그래프를 근거로 설명했다. 한국도 더이상 지진 안전지대가 아니라며 일본처럼 지진 관련 매뉴얼을 만들고, 건축설계 보강을 해야 한다고 말했다. 화면이 바뀌자 지진으로 집과 일터를 잃은 사람들이 대형체육관에 모여 있는 장면이 보였다. 체육관 천장에는 만국기가 펄럭이고, 부모와 아이들, 조부모까지 모여 있었지만 어느 누구도 그곳이 운동회 장소였던 것을 생각하지 못하는 듯했다. 사생활 보호를 위해 쳐놓은 가림막과 텐트형 천막도 그들의 황망한 마음과 허탈한 심정을 가려주지 못했다. 가림막은 누군가 툭, 하고 치기만 해도 얇은 습자지처럼 쭉, 찢어질 것 같았다. 인터뷰이가 말했다. 어디서부터 어떻게 시작해야 될지 모르겠어요. 보상을 받는다고 이전으로 돌아갈 수 있을까요? 카메라 렌즈를 보며 울먹였다.

"어디서부터 어떻게 시작해야 될지 모르겠어요."

나는 주기도문을 외우는 교인처럼 손깍지를 끼고 그 문장을 몇번씩 따라 했다. 주변이 너무 조용해서 소리를 크게 낼 순 없었다.

간이침대보다 좀더 크고 튼튼해 보이는 중환자실 침대 위에 엄마가 누워 있었다. 몇개의 주삿바늘을 손등과 팔에 꽂고, 주삿줄을 리본줄처럼 치렁치렁 늘어뜨리고 있었다. 메마른 손등 위로 힘줄이 튀어나오고, 손가락 마디마디가 굵고 거칠었다. 작고 마른 체구에 어울리지 않는 엄마의 커다란 손. 나는 주름진 그 손을 잡을 수 없어서 이불을 들쳐 엄마의 발을 조심스레 잡았다. 무지개 수면양말을 신은 엄마의 발이 작고 따뜻했다. 엄마의 발이 조금 더 컸다면 무게중심을 잘 잡을 수 있었을까. 엄마가 균형감과 유연성이 조금 더 좋았더라면 이런 일이 생기지 않았을까. 이미 과거형이 되어버린 일들을 나는 가정법으로 묻고 있었다. 엄마, 하고 불렀지만 대답은 없었다.

병원을 나와 집으로 갔다. 연립주택 화단에 구멍이 나 있었다. 이전에는 본 적 없던 싱크홀이었다. 키가 크고 몸통이 굵은 벚나무들이 쓰러질 듯 서 있고, 나뭇잎과 잔가지들이 어지럽게 떨어져 있었다. 오래된 보도블록은 지진으로 깨어져서 화산재처럼 이리저리 흘러다녔다. 낮은 하늘 아래로 작은 새들이 시끄럽게 울며 날아갔다.

위험, 가까이 가지 마시오!

A4용지에 검정 사인펜으로 눌러 쓴 경고문이 바닥에 붙어 있었다. 나는 경고문을 밟고, 구멍 앞에 서서 아래를 내려다보았다. 입구가 자전거 바퀴같이 동그랗고 바닥은 지면으로부터 이 미터가량 꺼져 있었다. 그 모습이 관(棺)을 세로로 묻기 위해 파놓은 구덩이 같았다.

운이 안 좋았습니다. 그때 지진이 일어났거든요.

구멍 속에서 관리직 남자의 말이 풍선처럼 떠올랐다. 꾸러미를 단 말이 내게 들러붙었다.

헤어지자.

다음 풍선은 승민이었다. 그의 말이 열기구처럼 부풀어올라 내 머리 위에 내려앉았다.

승민은 언제부터 그런 생각을 했던 걸까. 칠년을 만나는 동안 승민은 한번도 그런 말을 하지 않았다. 그가 유행가 가사처럼 손쉽게 이별을 말하고 번복해서 다시 만나자는 말을 하는 사람이었다면, 나는 그의 말을 가볍게 넘겼을 것이다. 농담을 주고받는 것처럼 웃으면서, 장난하지 말라고 쉽게 말했을 것이다.

하지만 승민은 그런 사람이 아니었다. 내 아버지가 나와 엄마가 평생을 갚아도 갚지 못할 빚을 남기고 세상을 떠났을 때에도, 그런 아버지를 저주하며 내가 갖은 악다구니를 쏟아낼 때에도, 전업주부로 살아온 엄마가 일자리를 찾기 위해 이력서를 들고 헤맬 때에도 내 곁에 있어주던 이였다. 아버지를 향한 나의 원망과 엄마에 대한 미안함이 무절제하게 섞인 나의 울음과 탄식을 고스란히 받아주면서 나를 안아주고 안아주었다. 그렇기에 그의 입에서 처음 나온 그 말을 나는 외면하지 못했다. 그가 얼마나 고심해서 그 말을 꺼냈을지, 나는 승민의 편에서 억지로 이해하려고 노력하지 않아도 그의 마음을 알 수 있었다. 그것은 내가 승민이라면, 하는 가정법으로 시작한 물음에서 나 역시 현재형으로 도달할 수밖에 없는 결론이었다.

아아아.

나는 천천히 구멍을 향해 소리 질렀다.

아아아.

한번 더 소리를 질렀다. 구멍이 블랙홀처럼 걱정과 슬픔, 불안과 공포를 빨아들여주기를 바랐다. 할 수만 있다면 구멍 안으로 끝이 없는 막막함과 절망감을 다 밀어넣고 싶었다.

나와 엄마는 같은 시간, 다른 장소에서 동류의 파동과

주파수를 온몸으로 맞았다. 각기 다른 그래프를 그리며 움직이던 파동이 어느 순간 합쳐져서 공명하는 순간, 땅이 흔들리고 갈라졌다. 지구의 중심을 향해 엄마의 육체가 곤두박질쳤고, 나의 정신이 갈라진 틈 사이로 사정없이 떨어졌다. 지진이 일어나기 전 미리 귀띔해줄 수는 없었을까. *삐삐, 삐삐삐삐.* 사정없이 울리던 재난경보음은 과거형이 되어버린 일들에 대한 안내일 뿐이었다. 금이 간 유리컵처럼 가슴 한편이 조용히 찢어지고 있었다.

아, 아아.

좁고 긴 구멍 속에 내 목소리만 가득했다. 승민은 지금쯤 무엇을 하고 있을까. 그날, 그 순간 지진이 났던 것을 알까. 어쩜 *그가* 앉았던 자리는 전쟁에도 끄떡없는 방공호처럼 튼튼했던 것일까. 묻어두었던 물음과 의문, 울음과 서러움들이 구멍 속에서 부글부글 끓어올랐다. 나는 그것들이 활화산처럼 터져버릴까 싶어 구멍 속으로 흙을 차 넣었다. 묻어두고, 묻어두고, 묻어두어야 했다. 발끝으로 흙을 차다가 발바닥으로 흙과 모래, 돌멩이를 끌어모았다. 그러고도 모자라 두 손 가득 마른 모래를 그러쥐었다. 커다란 돌을 구멍 안으로 던졌다. 툭, 툭. 마른 바닥에 심장 같은 돌들이 떨어졌다. 주변의 흙과 돌덩이를 아무리 쓸어 넣어도 커다란 싱크홀은 메워지지 않았다.

*　　*　　*

　장례식장은 가장 작은 7호실로 정했다. 꽃은 생화가 아니라 조화로, 육개장과 떡, 과일과 음료수도 최소한으로 주문했다. 안내책자의 상품들은 엄마가 일했던 대형마트처럼 다양하고 풍성했지만, 이곳을 찾을 사람들은 폐업 안내가 붙은 마을 슈퍼처럼 적을 것임을 알았다.

　예상대로 7호실은 고요했다. 간간이 옆 장례식장에서 조문객과 상주가 우는 소리가 들렸다. 나는 무거운 적막을 깨고자 스마트폰 어플로 라디오를 켰다. 지진 복구 소식과 보상금, 보험 관련 뉴스가 나왔다. TV기자와 인터뷰했던 그 사람은 어떻게 되었을까. 뉴스도 후속 기사를 바로 다음 날 방송하면 좋을 텐데. 기사는 단발성으로 끝날지라도 인터뷰이의 삶은 일일연속극처럼 지난하게 이어지니까 말이다. 그렇다면 내 드라마의 끝은 언제쯤일까. 나는 우연에 우연을 더한 이 극의 결론이 궁금했다. 시청자 입장에선 너무나 식상하고 개연성 없다고 지적할, 이 드라마의 끝이.

　라디오를 끄고 고추기름이 둥둥 뜬 육개장에 밥을 말아 한입 먹었다. 마른 오징어와 땅콩을 반찬 삼아 집어 삼켰다. 염을 할 때도 엄마가 나를 떠났다는 것이 믿어지지 않았다. 삼베옷을 입고 누운 엄마의 모습은 중환자실에 있을 때와 다르지 않았다. 주삿바늘과 인공호흡기를 떼어버려서 얼굴이 도리어 더 선명하게 보였다. 거친 손과 튀어나온 힘줄도 똑같았는데…… 흰 버선을 신은 발은 창고 안에 보관해둔 플라스틱 인형같이 싸늘했다.

육개장 국물을 마셨다. 흐물흐물해진 무를 씹어 먹고 대파와 노란 콩나물 대가리도 골라 먹었다.

"진짜 맛없네."

식당에서 절대로 팔 수 없을 것 같은 육개장 덕분에 나는 이곳이 장례식장이라는 것을 실감했다. 이렇게 맛이 없고, 형편없는 음식을 대접하는데도 사람들은 불평하지 않았다. 오히려 내 손을 잡아주고, 안아주며 나를 위로했다.

엄마가 세상을 떠났다.

심박측정기의 그래프가 계단 모양으로 내려가더니 어느 순간 일직선을 그으며 멈췄다. *삐삐, 삐삐삐삐*. 재난상황을 알리는 긴급 문자메시지같이 기계가 요란하게 울었다. 이 순간이 영원하리라고, 이 재난은 멈추지 않을 거라고 선포하는 것 같았다. 그리고 한시간 후, 다시 휴대전화가 *삐삐, 삐삐삐삐* 울었다. 전화를 받지 않자, 다시 한시간 후 전화를 건 사람들이 나를 찾아왔다. 응급실에서 본 마트 사원과 본사에서 나온 팀장이었다.

"삼가 고인의 명복을 빕니다."

검은 양복을 단정하게 입은 두 사람이 내게 깍듯하게 인사했다. 지난번처럼 준비해 온 내용을 전달했다.

"이번 일의 경우 사측의 잘못으로 벌어진 일은 아니지만, 성실한 직원이셨던 어머님과 홀로 남겨진 따님을 위해 수많은 논의 끝에 산재보험 처리를 하기로 하였습니다. 어머니를 애도하는 회사의 마음을 헤아려주셨으면 합니다."

본사 팀장이 내 눈을 보며 말했다.

"물론 오늘 이후로 어머님 일과 관련해서 회사 측에 이의제기나 소송을 하지 않는다는 전제입니다."

두번째 말도 팀장이 전했다. 팀장보다 한 발자국 뒤에 서 있던 사원이 맞장구를 치듯 고개를 끄덕였다.

팀장의 첫번째 말이 무엇을 의미하는지, 나는 두번째 말을 듣지 않아도 알 수 있었다. 그리고 아주 잠시 산재보험이라는 단어를 들었을 때, 정말이지 진짜 조금 안도했다. 그 단어가 가져올 혜택과 부산물들이 무엇인지 굳이 따져보지 않아도 직감적으로 알 수 있었다. 물론 안도하는 자신을 곧바로 부정하고 혐오했지만, 그 순간 느꼈던 순도 높은 감정의 밝기와 세기를 나만은 분명하게 알았다.

나는 팀장이 꺼낸 서류에 사인을 했다. 두 사람의 말처럼 지진은 누구도 막을 수 없던 천재지변이었으니. 그 찰나의 순간, 사다리 꼭대기에 있던 엄마가 운이 안 좋았을 뿐이니까. 나는 누구보다도 빨리 나를 찾아와 조의를 표한 회사에 어떠한 감정도 없었다.

연립주택 화단에 노란 펜스가 설치되어 있었다. 빨간 작업복을 입고 초록색 고무부츠를 신은 인부 세명이 시멘트를 개었다. 부삽으로 물에 갠 회백색 시멘트를 섞어 싱크홀에 퍼 넣었다. 포대자루를 들어 구멍 안에 흙을 부었다. 촤르르륵, 좁고 긴 구멍으로 누런 흙이 쏟아졌다.

집에 와 옷도 벗지 않은 채 이불 속으로 기어 들어갔다. 장례식을 치르는 며칠 동안 한숨도 자지 못했다. 낮고 어두운 집에 들어와 모든 것이 제자리에 있는 것을 보니 잠이 몰려왔다.

발인 전날 밤, 승민이 7호실로 찾아왔다.

"힘들지?"

내 어깨를 토닥이며 다정하게 물었다. 익숙한 목소리와 행동 때문에 나는 그에게 안겨 울고 싶었다. 잠시나마 우리가 헤어졌다는 사실을 망각할 뻔했다. 그는 영정 사진을 향해 향을 피우고, 정성껏 두번 절을 했다. 대답할 수 없는 엄마에게 '죄송합니다'라고 방백하듯 말했다.

승민에게 고추기름이 둥둥 뜬 육개장과 절편, 마른 땅콩과 오징어를 가져다주었다. 그는 내가 준 음식들을 남김없이 먹었다.

"여기서 이런 말하기 그렇지만…… 내가 잘못했어. 그런 말은 하는 게 아니었는데, 아니 생각조차 하지 말았어야 하는데. 그 순간 내가 제정신이 아니었나봐…… 우리다시 시작하면 안 될까?"

그의 눈빛과 목소리, 표정은 진심을 말하고 있었다. 나를 동정하거나 걱정해서, 혹은 오늘의 나를 측은히 여겨서 하는 말이 아니었다. 그가 얼마나 고심해 말을 꺼냈을지, 이번에도 나는 알 수 있었다. 그것은 내가 승민이라면, 하는 가정법으로 시작한 질문에서 나 역시 현재형으로 도달할 수밖에 없는 결론이었다. 승민이 테이블 건너편에서 팔을 뻗어 내 손을 잡았다. 그의 손이 수면양말을 신었던 엄마의 발만큼 따뜻했다. 산 사람만이 가질 수 있는 온기와 체취였다. 왈칵, 눈물이 쏟아질 뻔해서 나는 어금니를 꽉, 깨물었다.

"나중에 연락할게."

나는 긍정도 부정도 하지 않았다. 그의 방문에 어떤 의도 같은 게 있을 리 없다고 생각하면서도, 어떤 말도 입밖으로 내고 싶지 않았다. 그가 염려하고 걱정했던 모든 일들이 적도에 내린 눈처럼 녹아버렸다는 사실도, 아직은 말하고 싶지 않았다.

삐삐, 삐삐삐삐.

알람이 울렸다. 나는 잠에서 깨 스마트폰을 찾았다. 엄마가 다녔던 마트와 회사 이름, 그리고 엄청난 액수의 돈이 입금되었다는 문자메시지였다. 은행 어플에 들어가 계좌를 확인했다. 서류에 적힌 금액이 내 통장에 들어와 있었다. 나는 액정 속의 숫자를 손끝으로 하나하나 만져보았다. 양각으로 새긴 것처럼 숫자들이 오돌오돌 만져졌다. 액정의 불이 꺼지자 숫자들이 사라졌다. 그림자조차 없는 어둠 속으로 도망쳤다. 숫자와 함께 엄마의 얼굴과 팔, 다리도 어둠 속으로 사라졌다. 나는 재빨리 버튼을 눌러 스마트폰 화면을 밝혔다. 도망치는 숫자를, 엄마의 얼굴을, 팔과 다리를 내 방으로 다시 데려왔다. 오돌오돌한 숫자들을 더듬거리며 만졌다. 한 동작밖에 할 줄 모르는 사람처럼 배터리가 바닥을 보일 때까지 반복했다.

깜깜한 방 안으로 가로등 불빛이 새어 들어왔다. 오렌지색 불빛을 따라 밖으로 나갔다. 화단 앞의 노란 펜스는 그대로였다. 나는 펜스를 넘어 구멍 앞으로 다가갔다. 구멍은 메워져 있었다. 좁고 깊게 파였던 싱크홀은 흙과 모래, 시멘트로 꽉 차 있었다. 표면 위로 회백색 시멘트가 생크림처럼 발려 있었다.

주의, 밟지 마시오!

나는 안내경고를 무시하고 구멍 위에 섰다. 제자리에서 걸었다. 걷다가 뛰었다. 두 발로 힘껏 뛰었다. 마르지 않은 시멘트 위에 내 신발 자국이 선명하게 생겼다. 구멍이 다 메워진 건지 확인하고 싶었다. 안전한지 알고 싶었다. 어느 순간, 땅이 푹 꺼지지 않을지, 조금이라도 틈이 남은 건 아닌지 나는 알아야만 했다.

아아아.

뛰다가 구멍을 향해 소리를 질렀다. 지면 위로 내 목소리가 부딪쳤다 다시 돌아왔다.

아아아.

다시 소리를 질렀다. 동서남북으로 지면이 흔들리면서 다시 땅이 꺼지면 좋겠다는 생각이 들었다. 좁고 깊은 구멍 속으로 쑥, 들어가고 싶었다. 아니, 장갑차가 지나가도 안전할 정도로 지반이 튼튼하고 단단하기를 바랐다.

구멍 옆으로 몸통이 굵은 벚나무가 쓰러질 듯 서 있었다. 눈송이 같은 벚꽃들이 흐드러지게 피어 있었다. 가로등 불빛 아래 하얀 벚꽃들이 물결처럼 일렁였다. 바람이 불자, 꽃잎들이 일제히 밤하늘을 향해 날아올랐다. 중력

과는 무관하다는 듯, 궤도를 벗어난 혜성처럼 날아갔다.

나는 구멍에서 내려왔다. 화단 한가운데 회백색 시멘트가 도드라지게 발라져 있었다. 자전거 바퀴처럼 동그란 구멍 위로 오렌지빛이 쏟아졌다. 그 위에 또렷하게 찍힌 내 발자국. 움푹 파인 발자국 위로 벚꽃이 소리 없이 떨어졌다. 나는 발자국이 벚꽃으로 가득 채워질 때까지 그 앞에 서 있었다.

* * *

까페는 그대로였다. 라벤더향이 나는 소이캔들, 색이 바랜 드라이플라워, 검은 스피커에서 잔잔하게 흘러나오는 피아노 연주곡까지 변한 것이라곤 없었다. 승민은 그날 그 자리에 앉아 있었다. 달라진 점이라면 이마가 훤히 드러나도록 머리카락을 짧게 잘랐다는 점이었다. 짧은 머리가 낯설었다.

"이상해? 이게 요즘 유행하는 스타일이래. 젊고 힙해 보이는."

승민이 이마를 만지며 쑥스럽게 웃었다. 하얀 얼굴의 맑은 눈동자가 선해 보였다.

"잘 어울려."

나는 맞은편 의자에서 답했다.

까페 여자가 아이스 아메리카노와 캐모마일티를 가져와 테이블 위에 올려두었다. 아주 잠시 나를 흘깃 보았지만, 별일 아니라는 듯 카운터 쪽으로 걸어갔다. 여자는 등받이가 없는 의자에 앉아 스마트폰을 집어들었다. 피아노 연주곡은 계속해서 흘러나왔다.

"우리 같이 살까?"

승민이 조심스럽게 말을 꺼냈다.

"아침에 만나서 저녁에 헤어지는 일을 이제 그만하고 싶어."

승민이 자리를 옮겨 내 옆에 앉았다. 그는 오랫동안 연습해온 대사를 읊는 것처럼 천천히 말했다. 마지막 문장은 조금 큰 목소리로 힘을 주었다. 그의 길고 얇은 속눈썹이 파르르 떨렸다. 내 손을 잡은 그의 손도 떨리고 있었다.

삐삐, 삐삐삐삐.

가방 속에서 휴대전화가 경고음을 보냈다. 유리컵 안의 커피가 흔들흔들했다. 테이블 위의 마른 꽃이, 곱게 접은 티슈가 들썩였다. 바람이 불지 않는데도 출입문의 구리종이 요란하게 몸을 떨었다. 나는 스마트폰을 찾아 잠금장치를 풀었다.

"방금 경고문자 소리 못 들었어?"

"경고음? 아무 소리도 안 들렸는데."

승민이 제 스마트폰까지 확인하고 말했다.

"그래? 난 삐삐 소리가 나서⋯⋯"

언제부턴가 재난 안내메시지 소리가 이명처럼 들렸다. 가늘고 길게 들리는 경고음은 때와 장소를 가리지 않았다. 나는 그때마다 강박적으로 휴대전화기 속 메시지를 확인했다.

"네가 큰일 치르고 허해져서 그런가봐. 보약이라도 한 제 먹어야겠다."

승민이 내 어깨를 감싸며 토닥였다.

그는 알고 있을까? 엄마가 내게 남겨 준 것은 아버지가 남겨준 것과 다르다는 사실을. 그리고 승민과의 미래도 이제 달라질 수 있다는 것을. 나는 승민의 품에 안겨 생각했다. 그에게 사실을 말하면 어떤 표정과 태도를 취할지, 그가 가지런한 치아를 보이며 어떤 말들을 할지 궁금했다. 그럼에도 끝내 말하지 않았다. 내가 삼킨 말들을 화단 속 구덩이에 던져버렸다.

승민이 택시를 잡았다. 데려다주지 못해서 미안하다고 했다. 택시 운전사에게 잘 부탁한다는 인사말을 하고 택시비를 미리 지불했다. 차가 모퉁이를 돌아 사라질 때까지 손을 흔들었다.

"남자친구가 좋은 사람이네요."

운전기사가 룸미러로 나를 보며 말했다.

"네, 좋은 사람이에요."

횡단보도 앞에 차가 멈췄다. 벚꽃이 떨어진 자리에 초록 잎들이 무성했다. 다정하게 팔짱을 낀 연인이 지나갔다. 분홍 원피스를 입은 여자가 유모차를 밀며 갔다. 라디오에선 여름 느낌이 나는 올드팝이 흘러나왔다. 그렇게 봄이 지나가고 있었다. 그들과 나는 같은 시간과 공간을 공유하면서, 같은 계절을 감각하고 있었다.

삐삐, 삐삐삐삐.

갑자기 휴대전화가 요란하게 울렸다. 내 것뿐 아니라 운전기사의 스마트폰에서도 소리가 났다. 두대의 스마트폰이 합창을 하듯 경고음을 보내왔다.

긴급재난문자: [국민안전처] 05.31. 19:25. 대한민국 K시 남남동쪽 8km 지역 규모 4.2 지진 발생/ 여진 등 안전에 주의 바랍니다.

"또 지진이네요. 이제 한국도 지진 안전지대가 아닌가봐요. 이거 원, 무서워서 살 수가 있나."

택시 운전사가 말했다.

나는 스마트폰 화면만 바라보았다. 액정 표면의 지진과 여진이란 단어를 더듬더듬 만졌다. 음각으로 새긴 듯 글자들이 쑥쑥 들어갔다. 구멍 속으로 빨려 들어갔다. K시 남남동쪽 팔 킬로미터…… 우리 집 방향이었다. 나는 내가 서 있는 곳이 어딘지 궁금했다. 지진의 중심일까, 가장자리일까. 중심으로부터 점점, 아스라이 사라지는 동그라미들. 그 끝엔 무엇이 남을까. *삐삐, 삐삐삐삐.* 시시때때로 울리는 소리들이 내게 무언가를 말해주는 것 같았다.

"손님, 집까지 안전하게 모실게요."

택시 운전사가 액셀 페달을 힘껏 밟았다. 윙, 하는 엔진 소리와 함께 차가 달리기 시작했다.

"내릴게요."

나는 시트에서 등을 떼 허리를 세우고 앉았다.

"네?"

운전사가 무슨 뜻이냐고 되물었다. 고개를 뒤로 돌려 나를 빤히 쳐다보았다.

"여기서 내릴게요."

나는 낮고 단호하게 답했다.

택시가 도로변에 나를 내려놓고 떠났다. 인적이 없는 길은 어둡고 고요했다. 나는 스마트폰을 손에 꼭 쥐고 걸었다. *삐삐, 삐삐삐삐.* 곧이어 재난 안내메시지가 도착했다. *삐삐, 삐삐삐삐.* 화약이 터지듯 경고음이 연속해서 울렸다. 그때마다 스마트폰의 액정이 번개를 맞은 것처럼 번쩍거렸다. 땅이 조금 흔들리는 것도 같았다. 메시지는 확인하지 않았다. 그저 번쩍이는 빛에 의지해서 나는 발걸음을 옮겼다. 지금은 어디로든 가야만 했다.

도서관 적응기

———

붉은 담장에 전단지가 연달아 붙어 있었다. 마트 세일이나 식당 개업 광고인가 싶었는데, 가까이서 보니 개를 찾아달라는 글이다. '찾아주시는 분께 사례하겠습니다'라는 문구가 다른 내용보다 진하게 표시되어 있었다. 나는 사진 속의 개를 유심히 쳐다보았다. 어디서 봤더라, 어디서 본 것 같은데…… 그러니까 전단지 속의 개는 도서관 옥상에서 자주 봤던 바로 그 개였다. 도서관과 담벼락을 나란히 한 주택은 제1열람실 크기의 넓은 마당을 가졌고, 그 한가운데 검은 털의 개가 단잠을 자고 있었다. 개 주인으로 보이는 여자가 조심스레 옆을 지나갔다. 덜컹, 대문 열리는 소리에 개가 놀란 듯 머리를 들자, 여자는 두 손을 모아 귀 옆에 대고 다시 자라는 시늉을 했다. 주인의 뜻을 알았는지 개가 잔디밭에 머리를 뉘었다. 개 팔자가 진짜 상팔자구나. 나는 행정학 요약집을 돌돌 말며 생각했었다.

카톡카톡, 주머니 속에서 스마트폰이 시끄럽게 울었다.

— 얼른 안 오냐, 늦게 오면 커피 사는 거다.

오공 아저씨의 메시지였다. 나는 전단지를 한장 쭈욱, 찢어 호주머니 속에 구겨 넣고 도서관으로 들어갔다.

아저씨가 앉는 창가 쪽 24번 자리에는『중식 조리사 기출문제집』한권만 덩그러니 놓여 있었다. 가방을 내려놓고 자판기 커피를 뽑아 옥상 휴게실로 올라갔다. 지하 매점에서 아메리카노를 살 수 있는데도 오공 아저씨는 무조건 자판기 커피만을 고집했다. 자판기 커피 고유의 달짝지근한 맛과 풍미를 아메리카노가 흉내 낼 수 없다면서 말이다.

봄이라고 하기에는 햇살이 따가운 날이었다. 그늘막으로 쳐놓은 하얀 천막 아래에서 사람들이 책을 읽거나 컵라면을 먹고 있었다. 전화 통화를 하거나 SNS 계정을 살펴보는 사람, 유튜브 동영상을 시청하는 이도 있었다. 매 시간, 매 계절 옥상 휴게실에 올라오는 사람들이 바뀌어도 그들의 행동은 마치 한 사람이 하는 것처럼 동일했다. 하긴 딱딱한 건물 옥상에서 색다르게 할 일이 뭐가 있을까마는. 아저씨는 초록색 난간 앞에 뒷짐을 지고 서 있었다.

"아저씨, 자기가 일찍 온 날만 시간 체크 확실히 하는 게 어디 있어요?"

나의 볼멘소리에 오공 아저씨가 뒤를 돌아봤다.

"설탕 커피로 했냐? 설탕, 크림 다 넣은 건 달아서 못 먹겠더라."

내 손에서 종이컵을 뺏다시피 받아간 아저씨가 난간 아래를 내려다보았다.

억세고 굵은 아저씨의 머리카락은 빗질을 해도 다시 하늘로 삐쭉 솟아올랐다. 그 모습이 마치 '드래곤볼'의 손오공 같아서 나는 아저씨를 종종 오공이 아저씨라고 불렀다. 그때마다 아저씨는 진지하게 '소원을 빌 수 있는 드래곤볼'이 필요하다고 말했다. 예능을 다큐로 받아들이는 건 아저씨의 어쩔 수 없는 습관이지만, 그 순간만큼은 나도 아저씨의 말에 동의할 수밖에 없었다. 드래곤볼 일곱 개가 절실했다.

"저런 집을 사려면 돈이 얼마나 있어야 할까?"

초록색 난간 밑으로 으리으리한 집들이 보였다. 가슴 부분이 도드라진 화강암 조각상, 작은 연못, 원목으로 만든 파라솔 테이블, 야외 바비큐 시설은 주말 드라마 속의 재벌 집에나 등장하는 것들이었다.

이 도서관에 처음 오던 날이 지금도 선명하게 기억난

다. 도서관 홈페이지에서 안내한 버스를 타고, 지정된 정류장에 내렸다. 정류장에서 롯데리아를 끼고 오른쪽 골목으로 꺾으니 '도서관 칠백 미터'라고 쓰인 표지판이 보였다. 나는 화살표를 따라 걸었다. 세상에! 골목 안 저택들의 담은 백 미터 달리기를 해도 될 만큼 길고, 장대높이뛰기를 해도 될 만큼 높았다. 일반 주택에서 흔히 볼 수 있는 치안유지용 유리 조각이나 가시넝쿨 같은 철조망도 없었다. 대문 옆에는 손바닥 크기의 무인경비 시스템 표식이 찰싹 붙어 있었다. 내 가방에는 백과사전만큼 두꺼운 공무원 수험서가 다섯권 들어 있었다. 나는 다섯권의 책을 짊어지고 걸었다. 등줄기를 따라 땀이 줄줄 흘러내렸다. 길을 잘못 들었다는 생각이 들었다. 아무리 생각해봐도 이런 동네에 시립도서관이 있을 것 같지 않았다. 의심에 의심을 더하며 걸었다. 그렇게 담장이 긴 저택들을 지나 골목 끝까지 가자 드디어 도서관이 나타났다. 명문 사립대의 본관처럼 초록색 담쟁이 넝쿨로 뒤덮인 도서관은 이곳을 찾는 사람들의 상황과는 대조적으로 당당하고 위엄 있어 보였다. 그 늠름한 자태에 살짝 기가 죽어서, 출입문을 통과하기 전에 옷매무새를 살폈었다.

"무천도사가 드래곤볼 일곱개 모아줬어요? 그래야 살수 있을 건데."

아저씨를 놀리듯 말했다.

"들어가서 공부나 하자."

아저씨가 빈 종이컵을 파란색 쓰레기통을 향해 던졌다. 종이컵은 포물선을 그리며 날아가다 쓰레기통 모서리에 부딪혀 바닥에 떨어졌다. 오공 아저씨가 종이컵을 주우려고 허리를 숙였다. 얇은 남방셔츠 위로 굵게 마디진 척추뼈가 드러났다.

"먼저 내려가세요."

나는 흡연 구역으로 들어가 전자담배를 입에 물었다. 아저씨 말대로 저런 집을 사려면 돈이 얼마나 있어야 할까. 집은 고사하고 잔디 위의 개라도 살 수 있을까. 열번, 백번 물어도 답은 정해져 있었다. 지갑에는 각종 할인 카드와 공짜 쿠폰만이 가득했다. 부지런히 돈을 모아서 저런 집을 사야지, 하는 결의 혹은 다짐 같은 건 하지 않는 편이 나았다. 차라리 그 시간에 유명 점집을 찾아가 로또 당첨번호를 묻거나, 인터넷 주식사이트에서 정보를 찾는 일이 더 현실적이었다.

매캐한 담배 연기가 바람을 타고 날아갔다. 허공에서 공회전을 하더니 일층으로 툭툭, 떨어졌다. 떨어지는 담배 연기를 따라 고개를 숙였다. 전봇대 옆에 개 한마리가 웅크리고 있었다. 어딘가 낯이 익었다.

저 개가…… 그 개인 것 같은데.

호주머니 속에서 전단지를 꺼냈다. 나는 가채점을 하는 것처럼 신중하게 사진 속의 개와 전봇대 옆의 개를 비교하기 시작했다. 색깔, 크기, 앉은 자세까지 하나하나 확인했다. 마킹 실수를 하거나 답안지에 이름을 잘못 쓰지 않았는지 일일이 대조한 후에 일층으로 내려갔다. 사례금이 붙은 그 개가 확실하다! 다다다다! 한번에 서너칸씩 계단을 뛰어 내려갔다. 합격자 명단에서 내 이름을 본 것처럼 심장이 빠르게 뛰었다. 개와의 거리가 가까워질수록 먼지만 쌓여 있던 주머니가 두툼하게 채워지는 기분이었다.

가까이서 본 개는 도서관 옥상에서 보았을 때보다 덩치가 작고 어렸다. 그러나 암갈색 눈과 머리에 바싹 붙어 있는 귀, 검고 짧은 털에 곧은 등, 앞발을 꼿꼿하게 뻗고 서 있는 모습은 어딘가 기품과 위엄이 있어 보였다. 품종을 정확히 몰라도 똥개가 아니라는 것만은 알 수 있었다. 나는 개 앞에 무릎을 굽히고 앉아 갓난아기를 어르는 것처럼 '이리 온, 이리 온' 하고 불렀다. 개가 이빨을 드러내며 경계 자세를 취했다. 다시 한번 부드럽게 '이리 온' 하고 불렀다. 두번, 세번, 열번을 반복해서 불렀다. 계속되는 나의 구애에 개가 꼬리를 흔들며 다가와 엎드렸다. 윤기 흐르는 등을 쓰다듬어주자 머리를 부비며 내 품에 안겼다.

"웬 개니?"

엄마는 '풍성한 밥상'의 문을 닫고 있었다. 나는 안고 있던 개를 내려놓고 엄마 대신 문단속을 했다. 유리문은 대형냉장고의 냉동실 크기 정도로 작고 좁았다. 자물쇠를 채우는 엄마한테서 시큼한 음식물쓰레기 냄새가 났다. 세탁을 하거나 방향제를 뿌려도 단백질 제품이 오랫동안 부패하면서 생긴 냄새는 사라지지 않았다. 문 앞에는 검정 비닐봉지 두개가 나란히 놓여 있었다. 팔다 남은 반찬은 그날 저녁상에 오르거나, 다음 날 내 도시락 반찬으로 처리되었다.

"친구네 갠데 잠시 맡아주기로 했어요."

사례금이 붙은 개에 대해 설명하기 싫어 대충 둘러댔다. 돈을 받으면 엄마 용돈을 드리겠다거나 이번 달 교재값 걱정은 하지 말라는 말도 나오지 않았다. 돈이 생길 일이 있다는 사실을 가족에게 알리고 싶지 않았다.

개를 데리고 메리 집으로 갔다. 주워온 합판으로 만든 메리의 집. 개는 이런 집은 처음 본다는 듯 한동안 탐색전을 벌였다. 메리는 낯선 개의 출현에 앞발에 힘을 주며 공격 자세를 취했다. 누런 이를 드러내고 으르렁거렸다. 오늘 밤만 둘이 잘 지내라며 타일러도 개와 메리는 먼저 주도권을 잡겠다는 듯 꼼짝도 하지 않았다. 나는 평화조약 체결은 포기한 채, 개들을 내버려두고 집 안으로 들어갔다.

"다녀왔습니다."

"이제 오냐."

아버지는 TV를 보며 소주를 마시고 있었다. 한물간 연예인과 한때 국회의원이었다가 이제는 방송인이 된 남자가 패널로 나와 정치 이야기를 했다.

"저녁은 먹고 다니고?"

"그렇지요, 뭐."

"걱정돼서 묻는데 말투가 그게 뭐냐?"

아버지가 장롱에 몸을 비스듬히 기대고 앉아 리모컨으로 채널을 돌렸다. 비슷비슷한 구성의 방송이 다른 채널에서도 반복되었다. 아버지는 온종일 러닝셔츠 차림으로 빈둥거렸을 것이다. 그제도, 어제도, 오늘도, 내일도 아버지의 행동은 아버지가 보고 있는 TV프로그램처럼 뻔하고 식상했다. 그럼에도 아버지는 자신이 보는 프로그램에서 알려주는 것들이 세상의 전부이며 진리라고 믿는 것 같았다.

"먼저 들어갈게요."

방으로 들어와 컴퓨터를 켰다. 즐겨찾기를 해놓은 '공무원을 꿈꾸는 사람들' 까페에 들어갔다. 가입 인사, 국가

행정직 9급 경쟁률, 인터넷 강사 추천 글들을 대충 훑어본 후 컴퓨터를 껐다. 오늘 작성된 새로운 글이 백삼십개나 되었지만, 그 역시 아버지가 보는 프로그램처럼 뻔하고 식상했다. 의자를 뒤로 쭉 빼 책상 위에 다리를 올리며 생각했다.

임용 인원수, 경쟁률, 합격자 발표에 일희일비하기엔 나는 너무 오래된 수험생이었다. 전역을 하고 삼일째 되는 날, 엄마는 시내의 대형서점에 나를 데리고 갔다. 드래곤볼 일곱개를 주는 것처럼 공무원 수험서 다섯권을 사주며 내게 '남들처럼' 살라고 했다. 남들처럼의 기준이 무엇인지 모르지만, 남들처럼 살기 위해 나는 다음 날부터 시험 준비를 했다. 남들처럼 사는 일은 남들과 다르게 사는 것보다 어렵고 힘든 일이었다. 이 생활을 한 게 도대체 몇년째인지. 이제는 도서관 책상 건너편에 앉은 수험생 얼굴만 봐도 너는 몇년 공부했군, 너는 올해 지방직에 붙겠군, 너는 조만간 다른 일을 하겠군, 하고 점괘를 칠 수 있을 정도였다.

컹컹.

개가 짖었다. 반사적으로 몸을 벌떡 일으켰다. 오늘 데려온 개의 소리인지, 메리의 소리인지 분간을 할 수 없었다. 아버지가 개의 존재를 알면 가만있지 않을 것이다. 시끄럽다고 당장 쫓아낼 게 분명하다. 아니, 그보다 사례금이 있다는 걸 알게 되면 더 큰일이다. 먹이를 노리를 하이에나처럼 인정사정없이 개에게 달려들 게 분명하다. **컹컹.** 개 짖는 소리가 또 들렸다. 나는 서랍 속에서 육포를 꺼내 마당으로 나갔다. 개가 메리 집 한가운데 누워 있었다.

"이리 나와, 이리."

개의 목줄을 잡아끌었다. 녀석은 제 집이라도 되는 양 꿈쩍도 하지 않았다. 어쩔 수 없이 가져온 육포를 잘게 찢어 부채처럼 흔들었다. 냄새를 맡은 개가 코를 킁킁대며 밖으로 나왔다. 개는 게걸스럽게 입을 벌리며 건네주는 족족 육포를 다 받아먹었다.

* * *

저택의 대문은 도서관 옥상에서 보던 것보다 더 크고 웅장했다. 내 품에는 개가 안겨 있었다. 개 주인은 며칠 동안 속이 많이 탔을 거다. 이쯤 됐으면 부르는 대로 사례금을 주겠지. 나는 목소리를 가다듬고 벨을 눌렀다. 개의 탐스러운 등을 쓰다듬으며 인터폰 너머의 목소리를 기다렸다. 안에서는 아무런 대답이 없었다. 가방에서 전단지를 꺼내 전화를 했지만 통화 중이었다. 다시 벨을 눌렀다. 엘가의 「사랑의 인사」가 조용한 골목길에 울려 퍼졌다. 여러번 벨을 눌러도 인기척조차 없었다. 대문은 광화문 광장의 차벽처럼 굳게 닫혀 있었다. 문틈 사이로 보이는 잔디 마당에는 스프링클러가 물을 뿌리며 돌아가고 있었다.

"내려가!"

대문을 세게 걷어차고 도서관으로 향했다. 개가 종종거리며 나를 따라왔다. 도서관 앞 나무에 개를 묶어두고 건물 안으로 들어갔다.

열람실 의자에 앉아 『재정 국어』를 펼쳤지만 도통 집중이 되지 않았다. 결국 책을 덮고 지하 구내식당으로 갔다. 파란색 트레이닝복을 입은 남자가 스마트폰을 보며 밥을 먹고 있었다. 남자는 항상 문 앞 세번째 식탁에 앉았다. 밥 한번 먹고 스마트폰 보고, 반찬 한개 집어 먹고 다시 스마트폰 보고. 천장에 조기를 매달아놓은 자린고비처럼 남자에게 스마트폰은 반찬의 일부였다. 식판을 들고 줄을 선 여자들은 자신의 몸매를 한탄했다. 괜찮아, 시험만 붙으면 빠질 거야. 아니면 월급 나오는데 관리 받으면 되지. 그런 말이라도 하지 않으면 지긋지긋한 수험생 생활을 견뎌낼 수 없다는 표정으로 주절거렸다.

나는 식판을 들고 도서관 앞 벤치로 갔다. 나무에 목줄이 묶인 개가 앞발로 흙장난을 치다가, 나를 보고는 꼬리를 흔들었다. 새끼, 네 주인만 아니었으면 지금쯤 치맥하고 있을 건데, 그럴 줄 알고 도시락도 안 챙겨왔구먼. 숟가락 가득 밥을 퍼 먹었다. 반찬은 엄마가 만든 상품처럼 짜지 않았지만, 더도 말고 덜도 말고 딱 4,500원짜리 맛이었다. 쌀들이 모래알처럼 입속에서 굴러다녔다.

"나무 아래에서 뭐 하는 짓이냐? 안 하던 청승을 다 떨고."

오공 아저씨의 손에는 컵라면이 들려 있었다.

"어떻게 됐냐?"

질문이 무엇을 뜻하는지 알기에 고개를 돌려버렸다. 시험을 한두번 친 것도 아니고, 칠 때마다 '잘 쳐라'라는 말, 끝나고 나서 '수고했다'는 문자메시지, 합격자 발표가 난 후의 '힘내라'는 전화 통화까지, 상대방은 응원과 격려의 말이라고 하는 행동들이 당사자에게는 얼마나 괴롭고 성가신 고문인지. 그런 말들을 못 들은 척하면 자신의 성의를 무시했다고 기분 나빠하고, 일일이 대꾸하기엔 내가 너무 지쳐버리고. 이 정도 했으면 그만할 때도 됐는데, 사람들의 반갑지 않은 친절과 오지랖은 매번 되풀이되었다.

"보면 모르겠어요?"

"그러게 공부 좀 하라고 했잖냐."

아저씨의 말에 가슴속에서 불같은 기운이 밀치고 올라

왔다. 누구 떨어지고 싶어서 떨어지는 사람이 있나. 되풀이되는 낙방으로 줄어드는 건 자신감과 애써 만든 근육이었다. 한낮에 집으로 오는 택배를 받기가 부담스러울 정도로 자존감이 떨어졌다. 이 시간에 집에 있는 나를 택배기사가 얼마나 한심하게 볼지, 나는 집에 있으면서도 없는 척했다. 그러는 사이 말년 병장 때 만들었던 격자무늬 복근들이 눈 녹듯이 사라졌다.

아저씨는 타들어가는 내 심정을 알기나 하는지, 컵라면 뚜껑을 뜯어 삼각형 모양의 깔때기를 만들었다. 안경이 김으로 뿌옇게 흐려져도 아랑곳 않고 국물을 퍼 마셨다.

"그놈의 라면 지겹지도 않아요? 어떻게 조리사 공부하는 사람이 매일 라면만 먹어요?"

오공 아저씨가 다니던 회사는 큰 기업에 합병되었다. 새로 온 사장은 발 빠르게 구조조정에 들어갔다. 일 잘하고 싹싹한 삼십대 초중반의 직원과 오십대 이상의 임원진이 살아남았다. 힘도 백도 없는, 어중간한 나이의 아저씨가 퇴출 1순위였다. 손톱만 한 퇴직금을 들고 거리로 나온 아저씨에게 부동산으로 돈을 벌었다고 소문난 국민학교 동창이 찾아왔다. 목 좋은 곳을 알아냈다며 빌라 재건축에 투자하라고 했다. 편하게 앉아 임대료 받을 상상을 해보니 퇴출이 꼭 나쁜 것만은 아니라는 생각까지 들었다.

퇴직 사실을 모르는 아내에게 큰 선물을 줄 수 있을 거라는 기대감마저 생겼다. 아저씨는 아침마다 넥타이를 매고 동창을 만나러 갔다. 빌라 기둥이 세개 올라갈 즈음, 동창은 수증기처럼 증발해버렸다.

"명품관 직원은 맨날 명품 사고, 외제차 딜러가 외제차만 타는 줄 아냐? 원래 잘 아는 사람이 더 하기 어려워."

아저씨가 내 식판 위의 소시지를 날름 집어 먹으며 말했다.

퇴직금을 전부 잃은 아저씨는 중국 음식점에서 아르바이트를 했다. 양복 재킷을 의자에 걸어두고 앞치마를 입고 서빙을 하고 배달도 했다. 시험공부를 하기 위해 친구 집에 모인 아들과 아들 친구들이 자장면을 주문했다. 아저씨는 철가방을 들고 배달을 갔다. 아저씨는 당황했고, 아들은 창피해했다. 아내는 밤새 울었고, 딸은 온라인강의 수강증을 식탁 위에 올려두고 말없이 학교에 갔다. 다음 날, 아내는 퉁퉁 부은 눈으로 조리사 자격증을 따서 식당에 취직하라고 했다. 아저씨는 낮에는 자격증 공부를 하고, 밤에는 아르바이트를 했던 중국 음식점에서 사장의 배려로 조리실습을 하고 있었다.

"저 개는 로트와일러인 거 같은데?"

오공 아저씨가 나무 밑에 앉아 있는 개를 가리키며 물

었다.

"저 개 알아요?"

내가 놀라서 묻자 아저씨는 회사 사장집 개가 로트와일러였으며 퇴출 소식을 듣고 사장을 찾아갔다가 마당에 있던 로트와일러에게 물릴 뻔했던 이야기를 들려주었다.

"저런 녀석이 한번 물면 끝장을 보지. 질긴 새끼들."

그때의 일이 생각나는지 아저씨가 어금니를 꽉 깨물었다. 나는 전단지를 본 일, 집을 찾아갔지만 사람이 없었던 일, 사례금을 받으면 한잔 하자는 말 등을 했다. 마지막 말은 할까 말까 살짝 고민했지만, 지금 상황에서 마음 편하게 치맥을 나눌 사람이 아저씨 말고는 없었다. 오공 아저씨가 로트와일러 근처로 다가가면서 대답했다.

"그냥 날도 더워지는데 삶아서 몸보신이나 해."

그러고는 로트와일러를 흘겨보며 씩, 웃더니 녀석의 옆구리를 사정없이 걷어찼다. 갑작스러운 공격에 로트와일러는 제대로 짖지도 못하고 고꾸라졌다.

"개새끼, 꼴좋다."

아저씨가 넘어진 로트와일러를 보며 큰 소리로 웃었다. 아저씨가 그렇게 크게 웃는 모습을 본 적이 없었다. 웃음소리는 그동안의 고통을 무력하게 할 만큼 시원하면서, 공포와 두려움에 떨고 있는 것처럼 음울했다.

＊　＊　＊

"누구세요?"

인터폰 너머로 발랄한 목소리가 들렸다. 로트와일러를 재우던 여자일 것이다.

"아까 전화드렸던 사람인데요. 개를 찾았다는."

"아, 전화하신 분이세요?"

개를 데려왔다는 말에 여자가 한참 뜸을 들이더니 말했다.

"그럼 인터폰 앞으로 아기 발바닥 좀 들어보세요. 저는 발바닥만 봐도 우리 밍크밍인지 다른 갠지 알 수 있거든요."

로트와일러를 인터폰 앞으로 끌고 가서 발을 들어 보였다. 녀석이 버둥거려서 발바닥을 보여주기가 쉽지 않았다. 앞발 두개, 뒷발 두개, 얼굴과 엉덩이까지 모두 보여주었다.

"이보세요. 지금 웬 똥개를 데려와서 우리 밍크밍이라고 하는 거예요? 당신 같은 사람이 한둘이 아니에요. 개도 없으면서 돈부터 달라고 떼를 쓰질 않나. 어디서 봤다고 제보비를 달라고 하질 않나. 불쌍한 밍크밍을 볼모로 그런 말 하는 거 아니에요! 인생 그렇게 살지 마세요!"

여자가 신경질적으로 쏘아붙이고는 인터폰을 끊어버렸다.

"여보세요? 여보세요?"

나는 인터폰에 대고 소리쳤다. 이렇게 황당한 경우가 있나. 다시 벨을 눌렀다. 「사랑의 인사」가 잔디마당 구석구석까지 울려 퍼졌다. 벨을 누를 때마다 여자가 거실에서, 방 안으로, 옷장 속으로 몸을 숨기는 것만 같았다. 쿵쿵쿵. 주먹으로 대문을 세게 쳤다. 안으로 숨어드는 여자를 밖으로 끌어내고 싶었다. 쿵, 쿵, 쿵. 손이 벌겋게 달아오르도록 문을 치다가 발로 걷어찼다. **컹컹커어엉.** 로트와일러가 나를 향해 사납게 짖었다. 당장이라도 달려들어 나를 물어뜯을 태세였다.

"조용히 해! 계속 울면 팔아버리거나 삶아 먹어버릴 테니까!"

악에 받친 말을 알아들었는지 로트와일러가 더욱 맹렬하게 짖었다. 녀석의 송곳니가 맹수의 이빨처럼 날카로웠다. 집 앞이 이렇게 시끄러운데도 안에서는 아무런 반응이 없었다.

그후로 거의 매일이다시피 찾아갔지만 대문은 열리지 않았다. 사람을 확인하고 열어주지 않는 것 같았다. 그사이 담벼락에 붙어 있던 전단지들이 사라졌다. 누군가 한

꺼번에 다 떼어버린 것 같았다. 무언가 내 예상과는 다른 방향으로 일이 전개되었다. 확인이 필요했다. 도서관 옥상으로 올라가 그 집을 내려다보았다. 자세히, 꼼꼼하게, 구석구석. 답안지 마킹을 하는 것처럼 살펴보았다. 그러니까…… 정말인지…… 믿을 수가 없었다. 잔디 마당을 지나 집으로 들어가는 현관 입구에 개 한마리가 앉아 있었다. 검은 털에 짧은 꼬리, 뾰족한 귀를 가진, 로트와일러와 닮은 듯하면서도 닮지 않은 것 같은 개였다. 어떻게 된 일인지 모르겠다. 개를 찾은 건가? 여자 말대로 우리 집에 있는 개는 이 집 개가 아니었던 건가? 아닌데, 분명히 맞는데…… 이 상황을 믿을 수 없어서 나는 멀리서 개 사진을 찍고, 화면을 확대해서 보았다. 스마트폰 속의 개는 전단지에 있던 개와 같은 것 같으면서도, 어딘가 묘하게 더 크고 늠름해 보였다. **으르렁.** 사진 속의 개가 벌떡 일어나 내가 받을 사례금을 뜯어 먹었다. 녀석은 나의 인조가죽 지갑을 살코기처럼 뜯어 먹고, 각종 할인 카드와 공짜 쿠폰을 후식으로 먹었다.

아버지가 로트와일러의 존재를 알게 되었다. 웬만해선 짖지 않는 메리와 다르게 로트와일러는 문밖에서 발소리만 들려도 짖었다. 아버지는 우는 개가 메리인 줄 알고 폴라스틱 빗자루를 들고 나갔다. 그러나 개라고는 똥개 외에는 모르는 아버지 눈에도 로트와일러는 무언가 달라 보였나보다. 윤기 흐르는 검은 털이며 늠름한 몸짓은 골목 어귀에서 어슬렁거리는 누렁이, 똘이와는 확실히 차이가 있었다. 아버지는 버스 정류장 앞 동물병원에 로트와일러를 데리고 갔다. 수의사는 로트와일러가 혈통이 좋고 값이 비싼 견종이라고 알려줬다. 사람을 물어 죽일 만큼 공격적인 면도 있으니 주의를 하라는 말도 당연히 함께 했다. 아버지는 수의사의 말을 듣고 혈통 좋은 견종이 공격력까지 갖추었으니 이야말로 '개들의 왕, 갯과의 넘버원'이라고 좋아했다. 견공의 품격 있는 주인이라도 되는 양 로트와일러를 데리고 골목 여기저기를 느긋하게 산책했다.

컹컹, 개 짖는 소리가 요란했다. 동영상 강의를 정지해놓고 밖으로 나갔다. 엄마가 기르는 상추, 고추 상자가 넘어져 엉망이었다. 상자에서 쏟아진 흙 위에 메리가 올라가 있었다.

"메리, 이게 뭔 일이야?"

상자에 심어놓은 상추와 고추는 '풍성한 밥상'의 주재료였다. 고함에 메리가 제 집 뒤로 숨어버렸다. 메리의 집은 로트와일러가 차지하고 있었다. 개 집 앞에 이빨 자국이 난 상추와 줄기가 뜯긴 고추들이 널브러져 있었다. 선명한 이빨 자국과 날카로운 발톱 표시는 로트와일러의 짓이 분명했다.

"이놈의 개새끼가 왜 상추를 뜯어 먹고 난리야!"

로트와일러는 처음 우리 집에 왔을 때보다 훨씬 커져 있었다. 몸피가 커진 녀석은 그만큼 더 사납고 맹렬했다. **으르렁**, 검은 눈을 번쩍이면서 나를 노려보았다. 나는 양손으로 메리 집을 흔들었다. 로트와일러가 몸을 반쯤 일으키며 튀어나올 자세를 취했다.

"이리 나와, 나오라고!"

"너 지금 뭐 하는 짓이냐?"

아버지였다. 옆에는 검정 비닐봉지 두개를 든 엄마가 서 있었다. 아버지의 손에는 수입산 개사료 봉투가 들려 있었다. 아버지가 누군가를 위해 먹을 것을 사 온 것은 처음이었다. 아버지가 나를 밀치곤 녀석 앞에 무릎을 꿇고 앉았다. 아버지가 어떤 대상에게 무릎을 꿇는 것도 처음이었다. 상처받은 자식을 달래듯 로트와일러의 머리를 어루만졌다.

"녀석이 얼마나 배가 고팠으면 영양가 없는 상추를 뜯어먹었겠냐. 내가 빨리 온다는 게 좀 천천히 걷다보니⋯⋯"

아버지가 사료 봉투를 뜯어 로트와일러 앞에 내밀었다.

엉망이 된 고추와 상추에는 관심이 없었다. 로트와일러는 믿음직한 주인에게 충성을 바치는 견공같이 아버지의 말을 잘 따랐다. 엄마가 고추, 상추 상자를 세워서 쏟아진 흙을 담았다. 로트와일러가 입을 벌릴 때마다 연분홍색 혀가 위협적으로 움직였다. **오도독오도독,** 뼛조각을 부숴 먹는 것처럼 사료를 거칠게 씹어 먹었다. **오도독오도독, 우두둑우두둑.** 점점 커지는 소리에 엄마의 얼굴이 하얗게 질렸다. 메리가 내 옆에 서서 로트와일러를 부러운 듯 바라보았다. 비쩍 마른 몸에 털까지 빠져 더 볼품이 없었다.

* * *

로트와일러의 목줄을 나무에 묶고 벤치에 앉았다. 시험일이 며칠 안 남아서 도서관 앞은 한산했다. 사람들은 다들 '합격'을 외치며 열심히 공부하고 있을 거다. 저놈의 개만 아니면 나도 지금 열람실 안에 있는 건데. 건너편 책상에 앉는 남자는 나와 같은 직종의 책을 보고 있었다. 같은 수험서를 몇쪽까지 봤는지, 실전 모의고사는 어느 출판사 걸 푸는지 남자는 화장실에 가는 척하면서 내 책상 위를 흘금거렸다. 아마도 오늘, 남자는 반나절 이상 자리를 비운 나를 보며 안도의 숨을 쉴 게다. 저는 붙고 나는 떨어지는 상상을 하며 더 열심히 공부하겠지, 젠장.

'사지 말고 입양하세요' 게시판에 로트와일러에 대해 올렸다. 아버지가 키우시던 개인데 돌아가신 후에 개를 맡을 사람이 없다고 썼다. 평소 사이가 좋으셨던 어머니는 개만 봐도 아버지 생각에 눈물을 흘리신다고, 아들인 내가 맡아 키우고 싶지만 이번에 지방으로 취직이 돼서 기숙사 생활을 해야 한다고 적당히 버무렸다. 어느 정도 뻔하고, 어느 정도 감상적인 사연에 글을 올린 지 이틀 만에 연락이 왔다. 어차피 팔지 못할 개라면 아버지 몰래 빨리 처분하는 게 나았다. 한시간 후, 새로운 견주가 될 이가 도서관 앞으로 온다고 했다.

자판기 커피를 든 아저씨가 도서관 현관에서 나왔다.

"저 녀석은 또 뭣하러 데리고 왔나?"

턱끝으로 로트와일러를 가리키며 물었다. 나는 오늘 녀석을 팔아버릴 거라고 답했다.

오공 아저씨는 녀석을 흘깃 쳐다보더니 호주머니에서 예상문제 요약집을 꺼냈다. 철분 부족, 비타민D 같은 단어들을 손가락으로 꼽으며 암기했다. 나도 가방에서 영어 단어장을 꺼냈다. 기출단어를 확인하려 했지만 눈에 잘 들어오지 않았다. 머리 위로 떨어지는 햇살에 눈이 부셨다. 손차양을 만들어 하늘을 올려다보았다. 파란 하늘보다 도서관 본관이 먼저 눈에 들어왔다.

"이 건물이 이렇게 높았나."

본관을 올려다보며 중얼거렸다. 옥상에서 내려다볼 때는 몰랐는데, 아래에서 올려다보니 도서관은 생각보다 높고 컸다. 붉은 벽돌, 아치형의 창문은 주변의 고급주택과 견주어보아도 뒤지지 않을 만큼 고풍스러웠다. 시립도서관에 처음 왔을 때가 생각났다. 그래, 그때도 이랬지. 아저씨도 고개를 들어 도서관을 올려다보았다. 우리가 이런 곳에서 공부를 했다니. 지옥 같은 열람실 외부가 이렇게 아름다웠다는 사실이 믿어지지 않았다. 매 순간마다 이를 악물고 투견처럼 공부했지만 나는 매번 나무에서 떨어지는 손오공이 되었다. 열심히 하는 것만으로는 되지 않는, 넘고 싶지만 절대 넘을 수 없는, 넘을 수 있는 자만 넘으라고 정해놓은 금단의 영역. 그곳은 특별히 드래곤볼 일곱개를 가진 자들만이 들어갈 수 있는, 저 너머의 젖과 꿀이 흐르는 세계였다.

컹컹. 로트와일러가 짖기 시작했다. 지나가던 사람들이 로트와일러와 우리를 번갈아 쳐다봤다.

"게, 가재, 새우 등의 껍질에 다량 함유된 키틴의 구성 성분은 다당류, 무해하기 때문에 손이나 조리기구 등의 소독에 가장 적당한 것은 역성비누."

아저씨는 개 짖는 소리에 아랑곳 않고 책만 들여다봤다. **컹컹커어엉,** 녀석이 더 큰 소리로 짖었다. 다당류, **컹컹컹,** 역성비누, **컹컹,** 아저씨와 로트와일러는 대결이라도 하듯 쉬지 않고 제 목소리를 냈다.

로트와일러가 앞발로 나무 둥치를 긁어대면서 요란하게 울었다. 줄을 끊어버리고 싶은지 나무 주위를 정신없이 뛰어다녔다. 열람실 창문으로 사람들이 로트와일러를 쳐다봤다. 몇몇은 삿대질을 하며 욕을 했다.

나는 벤치에 앉아 그 장면을 지켜보았다. 로트와일러를 진정시켜야 한다는 걸 알면서도 괴로움에 발버둥치는 모습을 보고 싶었다. **크르렁크크렁,** 몸을 움직이면 움직일수록 줄은 목을 더 조일 것이다. 그럴수록 개 짖는 소리는 더 커져간다. 로트와일러는 점점 더 날뛴다. 저러다가 죽을 것 같다. 아니다. 저대로 죽어버려도 좋을 것 같다. 나는 발버둥치는 로트와일러를 보며 주술을 외우는 것처럼 중얼댔다.

그 순간, 로트와일러가 목줄을 끊어버렸다. 지나가던 사람들이 고함을 질렀다. 로트와일러는 투우경기에 나온 소처럼 맹렬하게 광장을 뛰어다녔다. 녀석을 잡아야 했다.

"아저씨 저쪽으로 가세요!"

나는 자리에서 벌떡 일어섰다. 아저씨와 반대편에 서서

로트와일러를 한쪽으로 몰아야 했다. 덜렁거리는 목줄을 잡아 쥐어, 꼼짝 못하게 옭아매야 한다.

로트와일러가 송곳니를 드러내며 아저씨를 향해 돌진했다. 아저씨가 들고 있던 문제집으로 로트와일러의 등을 내리쳤다. 녀석은 날렵하게 몸을 빼낸 후, 아저씨 주변에서 뱅뱅 돌았다. 오공 아저씨 발에 차였던 것을 기억하는지 집요하게 아저씨만을 공격했다. 툭, 문제집이 시멘트 바닥에 떨어졌다.

"으악!"

오공 아저씨가 비명을 질렀다. 로트와일러는 몸부림치는 아저씨의 오른손을 사정없이 물어뜯었다. 엄지와 검지에서 시뻘건 피가 뚝뚝 떨어졌다. 손가락이 금방이라도 떨어질 것처럼 덜렁거렸다. 아저씨는 피가 흐르는 오른손을 왼손으로 감싼 채 울부짖었다.

"저놈의 개새끼, 죽여버릴 거야!"

아저씨를 문 로트와일러는 광장 여기저기를 미친 듯이 뛰어다니다가 도서관 입구에 서서 자신의 영역을 선포하는 맹수처럼, 거대한 마왕처럼 포효했다.

"개 주인이 누구야? 빨리 잡으세요!"

사람들이 소리쳤다. 나는 녀석 앞으로 다가갔다. 나와 로트와일러 사이의 거리는 이 미터 정도밖에 되지 않았다. 어느 쪽도 움직이지 않았다. 녀석이 조금이라도 틈을 보이면 그 사이를 비집고 들어가서 해치울 참이었다. 다리가 후들거리고, 입안이 바싹바싹 말랐다. 두 눈에 힘을 주고 로트와일러를 정면으로 노려보았다. 약해 보이면 안 된다. 정신을 차려야 한다. 아저씨의 손에서는 계속 피가 흘렀다. 들리는 건 주변 사람의 고함인지, 애원인지 분간할 수 없는 날카로운 외침뿐이었다. **컹컹,** 로트와일러가 나를 보고 사정없이 우짖었다. 조용하던 동네가 비명으로 가득 찼다. 나는 강적을 만난 손오공처럼 두 주먹을 꽉 쥐었다.

바람
벽

좌석표를 확인하고 자리에 앉았다. 평일 밤 시간이라 그런지 서울발─부산행 KTX 안은 승객보다 빈자리가 더 많았다. 옆자리에 가방을 내려놓고 시트에 머리를 기대자, 그제야 안도의 숨이 쉬어졌다. 무사히 끝내고 가는구나. 별 탈 없이 끝나서 다행이야. 나는 그렇게 중얼거리며 테이크아웃한 아메리카노를 마셨다. 뜨거운 커피는 이미 차갑게 식었지만, 마른 목을 축일 수 있다는 데 만족했다.

가방에는 일주일 전 출간된 나의 첫 소설집이 들어 있었다. 등단 이후 몇군데의 문예지에 발표했던 단편소설 여덟편을 묶어 만든 책이었다. 책표지에는 먼 곳을 쳐다보는 여자의 상반신이 그려져 있었다. 초점이 있는 듯도, 없는 듯도 한 여자의 눈동자가 소설의 내용과 썩 어울린다고 생각했다.

오늘 5교시 수업이 끝나자마자 서울로 올라온 이유도 바로 책 때문이었다. 합정 인근의 작은 북까페를 빌려 출판기념회를 열었다. 출판사 사장님과 편집장님, 같이 소설을 써온 문우들 그리고 선배 소설가이자 은사인 최선생님을 모시고『고독의 끝에서』출판기념회를 열었다.

북까페 문을 열자 '서정현의 책『고독의 끝에서』출판기념회'라는 문구가 적힌 현수막이 정면에 붙어 있었다. 테이블 한쪽에는 한입 크기로 잘라놓은 과일과 치즈케이크, 쿠키, 호밀빵 샌드위치와 레드와인, 무알코올 샴페인이 보기 좋게 놓여 있었다. 책장에는 최선생님의 전작들이 줄지어 있고, 그 뒤로 바통을 이어받듯 먼저 책을 낸 문우들의 책이 꽂혀 있었다. 물론 내 책도 당당히 자리를 차지했다. 최선생님과 문단 선배들의 대열에 내 책도 꽂힌 것을 보니, 책을 냈다는 사실이 조금 실감 나기도 했다. 스피커에서는 잔잔한 클래식 음악이 흘러나오고, 하얀 벽에는 살 손질된 노란색, 연보라색 드라이플라워가 걸려 있었다. 문우들이 정성껏 준비해놓은 것들을 보고 나는 그 자리에 주저앉아 울 뻔했다. 이제껏 다른 문우들의 출판기념회를 열어주면서 느꼈던 자신에 대한 자책과 격려, 초조함 그리고 상대에 대한 시기와 질투를 날려버릴 수 있을 만큼, 모든 것이 아름답고 감동스러웠던 것이다.

최선생님은 직접 쓴 축시를 낭독해주었다. 낭독 후에는 편지지에 만년필로 손수 써 온 축시를 기념으로 선물해주었다. 얼마 전 나와 같은 문예지로 등단한 후배 소설가와 석달 전부터 소설을 배우기 시작한 최선생님의 문하생이 오카리나와 통기타 연주를 해주었다. 모두들 내 소설이 좋다고, 수고했다고 칭찬을 했다. 다음 소설을 기대한다는 덕담과 초심을 잃지 말고 글을 써야 한다는 애정 어린 당부도 있었다. 그중에는 장편소설을 쓰려면 부산 집을 정리하고 서울로 이사하라는 충고도 있었다. 서울과 부산의 글쓰기 환경이 많이 다르다는 말도 덧붙였다. 나 역시 그 생각을 안 해본 것이 아니기에 마지막 말에는 귀가 솔깃했다. 습작생 시절부터 서울─부산을 얼마나 많이, 자주 오갔는지. 그간 쓴 기차표 값을 계산하면 국적기 비즈니스석에 앉아 북유럽 여행을 떠나도 되지 않을까 싶었다. 하지만 나 홀로 움직이는 것도 아니고 아이 유치원, 남편 직장, 내 몸이 묶인 중학교까지 있으니 그리 쉽게 결정할 수 있는 문제가 아니었다.

아무튼 모든 것이 완벽했다. 내가 생각했던 것 이상으로 멋진 출판기념회였다. 오늘만큼은 나를 스스로 칭찬하며 과한 나르시시즘에 빠져도 되지 않을까 싶었다. 나는 새삼 벅차오르는 감동을 느끼며 손바닥으로 가죽 가방을 훑었다. 가방 안에 오롯이 놓인 내 책의 단정한 자태가 손바닥을 타고 전해졌다. 다른 어떤 것과도 바꿀 수 없는, 비교할 수 없는, 내가 창조하고 만들어낸 세계였다. 그렇게 한동안 자축을 하다가 까무룩 잠이 들었다.

주머니 속의 스마트폰이 요란하게 울었다.

"축하해, 정현아!"

수화기 건너편에서 한껏 고조된 목소리가 흘러나왔다. 자정이 다 되어가는 시간이었다.

"어, 지수야. 이 시간에 뭔 일이야?"

나는 열차 안을 두리번거리며 대답했다. 잠든 승객들에게 방해가 될까 싶어, 스마트폰의 송화기 부분을 손으로 감싸며 목소리를 최대한 낮추었다.

"무슨 일이긴, 기지배애. 오늘 출판기념회 못 가서 미안해서 전화했지. 근데 왜 이렇게 목소리가 작노? 니 자고 있었나? 설마 오늘 같은 날에도 또 부산으로 내려가는 거가? 적당히 좀 해라. 그렇게 꾸역꾸역 집에 가면 누가 널 반겨주노? 오늘 같은 날은 동료랑 선배들에게 제대로 축하받아야지. 니가 어떻게 해서 등단하고 책을 냈는지, 내가 누구보다도 잘 알아서 하는 말이야. 서울이랑 부산을 오가면서 고생을 쫌 했나? 끄윽. 근데 내가 오늘 꼬오옥 가려고 했는데. 박시인 시상식이 있었지 뭐니? 내가 요즘 박시인이랑 스페셜한 관계라서 안 갈 수가 없었네. …… 아무리 생각해도 내 친구 장하고 이쁘다! 나는 절대로 니처럼 못해. 니 책은 내가 꼭 사서 볼게. 출판사가 어디라고 했지? L인가? B였나? 서점에 안 풀리면 출판사에 전화해서라도 꼬오오옥 사 볼게. 친구야아아!"

지수의 취기 어린 목소리가 귓구멍 속으로 사정없이 파고들었다. 내게는 지수의 말들이 자꾸만 다른 의미가 덧붙은, 다른 의도가 깔린 말처럼 들렸다. 나는 아무런 대꾸도 하지 않은 채 지수가 던진 돌들을 온몸으로 맞고 있었다. 문학판 사정을 누구보다도 잘 아는 지수가 내게 축하를 빙자한 조롱과 야유를 보내는 것만 같았다.

자비출판으로 소설집 천권을 찍어 오백권을 우리 집으로 배달시켰다. 택배 상자를 가져온 기사는 이사 비용을 받아야겠다고 대놓고 화를 냈다. 누런 종이 상자 열개에 든 오백권의 책 무게란, 얼추 소형냉장고 한대 정도는 되지 않을까 싶었다. 땀을 뻘뻘 흘리며 상자 하나하나를 실어 나른 택배기사의 심정이 이해가 되지 않는 것도 아니었다.

나 역시 폐품처럼 쌓인 내 책들을 불태우고 싶었으니 말이다. 불쏘시개로 사용하면 활활 타지 않을까, 싶기도 했다. 그래, 천권 중 오백권이 우리 집 작은방에 쌓여 있으니, 지수 말대로 서점에서 책을 구입하기 어려운 것이 사실이었다. 남은 오백권 역시 출판사가 제대로 홍보할 일 없으니, 내가 책을 냈다는 사실을 가족과 출판기념회에 온 문우들 외에 누가 알까. 그 생각을 하니 가슴 한쪽이 꽉 막힌 것처럼 답답해졌다.

차곡차곡 쌓인 오백권의 책이 거대한 시멘트벽이 되어 내 심장을 짓눌렀다. 나머지 오백권은 기중기에 매달려서 호시탐탐 나를 노려보았다. 행여 헛된 기대와 희망이라도 품게 되면, 벽돌처럼 단단해진 책이 내 심장 위로 떨어지면서 정신 차리라고 혼을 낼 듯했다. 부풀어 올랐던 마음들이 비눗방울처럼 힘없이 터져버렸다.

"사인해서 집으로 보낼게. 문자로 주소 남겨줘. 그사이에 또 이사한 거 아니제?"

치사하고 유치해도 어쩔 수 없다. 지수의 의도가 그것이 아니었다고 하더라도, 지금의 나는 이렇게밖에 답할 수 없었다. 지수는 직장에 다니거나 아르바이트를 하지 않고 전업작가로 살아가고 있었다. 대형출판사에서 창작집 두권과 장편소설 한권을 냈고, 크고 작은 문학상 후보에도 자주 거론되었다. 신문이나 잡지에 여행기나 음식, 영화 칼럼을 쓰고 가끔씩 문학행사의 사회를 맡기도 했다. 밖에서 보면 지수의 삶은 여유와 낭만 그리고 적당한 외로움이 깃든 전형적인 예술가의 모습이었다.

하지만 나는 안다. 지수가 매달 내야 하는 월세와 수도요금, 의료보험료조차 힘들어한다는 사실을 말이다. 생활비가 줄어들 때마다 지수가 내게 건 전화가 몇번인지. 그때마다 그녀가 힘든 목소리로 이번이 마지막이라며 돈을 빌려달라고 한 것을. 지수가 때때로 중학교 교사로 일하며 안정적인 생활을 하는 나를 부러워한다는 건 말하지 않아도 알 수 있었다.

내가 한 말의 숨은 뜻을 알아들은 건지 아니면 갑자기 취기가 올라온 건지 지수가 한동안 말이 없었다. 나는 쌕쌕거리는 지수의 숨소리를 듣다가 전화를 끊으려 했다.

"소식 들었어? 현정 선배가 죽었대."

지수가 정적을 깨며 말을 했다.

* * *

현정 선배는 대학교 1학년 문학동아리에서 만났다. 지옥 같던 고3 시절, 대학에 들어가면 무조건 문학동아리에 가입하겠다고 다짐했었다. 국어교과서와 자습서에 제시된 요약 지문에서 벗어나 사회와 역사, 낭만과 사랑을 말하는 문학작품을 읽고, 열띤 토론을 하고 싶었다. 그것이 한갓 고3학생의 로망이나 환상이라 할지라도, 그 시절을 견디게 해준 것임은 분명했다.

문학회 모집공고를 보고 학생회관을 찾았다. 외벽을 초록색으로 칠한 사층짜리 건물의 일층에는 컴퓨터, 영어회화, 세계배낭여행, 방송댄스 동아리들이 포진해 있었다. 바야흐로 2000년대가 시작되는 시점이었다. 밀레니엄 시대에 걸맞게 취업과 취미를 동시에 잡으면서 빠르게 변화하는 트렌드에 발맞출 수 있는 동아리들이 살아남았다. 나는 문학동아리방을 찾기 위해 사층까지 걸어 올라갔다. 오래된 건물 특유의 서늘하고 건조한 공기가 피부에 와 감겼다. 목덜미를 타고 끈적한 땀이 흘러내렸다. 학생이 없어 해체 위기에 놓인 문학회는, 문학회보다 더 사람이 없는, 하지만 한때 역사와 전통을 자랑했던 바둑동아리와 같은 방을 나눠 쓰고 있었다.

신입생 환영회는 조촐하고 단조로웠다. 호프집, 막걸리집을 통째로 빌려 환영회를 하는 일층 동아리들과 달리, 우리는 사층 동방의 한쪽 구석에 옹기종기 모여 앉았다. 앞에는 막걸리, 소주 몇병과 우그러진 양은냄비, 두부김치, 파전, 계란말이, 노래방 새우깡이 일회용 접시 위에 놓여 있었다. 나를 비롯한 1학년들은 잔뜩 긴장한 채로 검은 눈동자만 굴리며 상황을 살폈다.

"난 경제학과인데, 넌 무슨 관데?"

내 앞에 앉은 남학생이 옆의 여학생에게 물었다.

"한문학과…… 내도 상대 갈 점수 나왔는데, 안전지원 하다보니……"

여학생은 한문학과에 간 것이 잘못이라도 되는 양, 변명을 했다. 그 옆의 안경 쓴 여학생이 다시 말했다.

"난 전자전기 컴퓨터공학부인데, 약대 가기에는 점수가 안 나와서. 그래도 21세기에는 컴퓨터 관련 직업이 엄청 뜬다더라."

역시나, 앞으로 제가 다녀야 할 학과에 대한 설명보다는, 그 과에 들어가게 된 경위를 주저리주저리 늘어놓았다.

실제로도 그랬다. 1997년 IMF 이후로 수도권 사립대 등록금은 하늘 모르고 치솟았다. 지방에서 공부깨나 한다는 아이들은 지방의 국립대로 몰려들었다. 수도권 사립대 등록금을 감당한다고 해도, 매달 내야 하는 방세와 생활비마저 집에서 받아 쓰기에는 무리가 있었다. 스무살의 아이들은, 성적만으로 자신들을 평가하던 인문계 고등학교에서 나름 공부를 잘했다는 우월감과 자만심에 젖어 있었다. 하지만 집안 형편, 등록금 혹은 형이나 오빠 때문에 '인서울' 하지 못했다는 열패감과 열등감 또한 가지고 있었다. 그것은 제가 잘못해서, 공부를 못해서, 능력이 없어서 겪게 된 실패나 좌절이 아니었다. 어쩌면 인생에서 처음으로 겪은 외부요인에 의한 실패였을지도 모르겠다. 끝모를 좌절감에 빠져 있을 수 없었기에, 아이들은 다른 이유를 찾아야 했다. 어쩌면 수도권행을 하지 못한 이유를 말하는 것이 제 부모의 경제적 무능이나 가부장적 가치관을 들춰내는 일이라 생각했을지도 모른다. 그렇기에 안전지원, 눈치작전, 담임이 원서를 잘못 써줘서 등등의 후렴구를 주절주절 붙였다.

나는 반복되는 이야기를 묵묵히 듣고 있었다. 안쓰럽고 애처롭다는 생각이 들었으나 입 밖으로 낼 수 없었다. 내 속의 말들을 그들이 대신했기 때문에 더 입을 다물었는지도 모르겠다. 단지 그것을 표현하는 것이 촌스럽다고 여긴 것이 다른 점이라면 다른 점일 뿐.

"좋아하는 작가 있나?"

한문학과에 다닌다는 여학생이 컴퓨터학과 여학생에게 물었다.

"내는 윤동주의 「서시」를 제일 좋아하는데."

"그제? '별이 바람에 스친다'는 구절 너무 좋지 않나? 내 그 부분을 읽을 때마다 가슴이 찌릿찌릿하면서 괜히 눈물 나더라. 근데 나는 윤동주보다 이육사 시가 더 좋더

라. 강인하고 결단력 있잖아."

두 여학생은 식민지시대 시의 장단점을 늘어놓으며 맞
장구를 쳤다. 그 내용이란 것이 고3 시절 문학자습서를 열
심히 들여다봤으면 누구나 말할 수 있는 수준이었으나 여
학생들은 홍조 띤 얼굴로 문학소녀의 자태를 뽐내었다.

"니는? 좋아하는 시인 없나?"

두 사람의 말간 눈동자가 내게 날아왔다. 마치 이 질문
을 기다려온 사람처럼 나는 자연스레 답변을 했다.

"기형도."

"누구?"

"기형도."

두 여학생은 낯선 시인의 이름 앞에서 어찌해야 할 바
를 몰라 했다. 모른다고 하면 문학소녀의 모습에 스크래
치가 생기고, 안다고 하면 금방 모른다는 것이 들통날 게
뻔하니 말이다.

"문지에서 나온 『입 속의 검은 잎』에 실린 「질투는 나
의 힘」 「빈집」 「안개」 좋아해."

수능자습서만 열심히 외웠을 너희들과 내가 이렇게 다
르단다, 나는 그렇게 말하고 있었다. 유치하고 졸렬하다
해도 그때는 그랬다. 비록 바둑동아리와 동방을 나눠 쓰
는 문학회에 가입을 했지만, 내가 읽은 책과 쓴 글마저 낡

고 쇠락한 것이 아님을, 그렇게라도 증명하고 싶었다.

"신입생이 기형도도 아나?"

한쪽에서 막걸리를 마시던 선배가 불쑥 끼어들었다. 화장기 없는 얼굴에 긴 생머리를 질끈 동여맨, 민무늬 티셔츠를 입은 여자 선배였다. 이목구비가 또렷하고 예뻐서 조금만 꾸미면 지나가는 사람들이 한번쯤 쳐다볼 듯한 외모였다. 나는 기형도가 시집 준비를 하던 1989년 종로의 극장에서 숨진 채 발견되었다는 사실을 말했다. 그가 살아 있다면 첫 시집 이후 어떤 시를 썼을지 궁금하다는 말도 함께 말이다.

"그렇지. 하지만 그는 죽어서 신화가 된 것도 있어."

선배가 나를 향해 웃으며 말했다.

"신화……"

익히 알고 있는 단어인데 선배의 입을 통해 전해진 그 말은 좀더 멋지고 근사했다. 아무렇지 않게 그런 단어를 쓰는 선배 역시 멋지나는 생각만 들었다. 그리고 선배의 이름이 내 이름을 거꾸로 한 '현정'이라는 것을 알게 되었을 때, 선배가 더 좋아졌다. 현정 선배에게 인정받는 후배이자 동생이 되고 싶었다.

* * *

　기차는 대구역에 다다랐다. 창밖은 깜깜했고 열차 안은 기이할 정도로 조용했다. 승객들은 죽은 사람처럼 미동 없이 잠들어 있었다. 내일 출근하려면 조금이라도 더 자야 하는데. 눈을 감아도 지수가 했던 마지막 말만이 머릿속에 꽉 차올랐다. 현정 선배가 죽었다니. 선배가 죽었다니…… 다시 전화가 왔다. 스마트폰 액정 위로 낯익은 이름이 떴다. 소설집의 추천사를 써준 원로 소설가였다.

　"선생님, 찾아뵙고 인사를 드렸어야 하는데 죄송합니다. 다음 달에 서울 가면 꼭 연락드릴게요."

　원로 소설가가 내 앞에 있는 것처럼 머리를 숙이며 답을 했다. 그는 신문사에서 주관한 시상식에 참석하느라 내 출판기념회에 참석하지 못했다고 말했다. 지수가 참석한 시상식과 같은 곳이었다. 나는 잊지 않고 전화를 해준 것만으로도 감사하다고 했다. 다음 약속을 잡고 전화를 끊었다.

　이주일에 한번, 혹은 삼주에 한번씩 서울—부산을 오르내렸다. 남편은 옆집에 가듯 부산—서울을 오가는 나를 탐탁지 않게 여겼다. 내가 없는 사이 아이 돌보기며 집안일은 모두 남편 몫이었다. 교통비 역시 만만치 않게 들었다. 내가 번 돈으로, 내가 하고 싶은 일을 한다고 떳떳하게 말했지만, 부부싸움 때마다 나는 궁지에 몰려야 했다.

또다시 외부요인에 의해 내 꿈을 접을 순 없었다. 그건 집안 형편 때문에 수도권 대학을 포기했던 것으로 족했다. 나는 대학교에 들어가서도 열심히 공부를 했고 교직 이수를 해서 중등학교 교사가 되었다. 친구들은 어학연수와 취업 준비를 위해 일년, 이년을 휴학했다. 사년 만에 졸업해서 직장인이 된 것은 혼자뿐이었다. 토익과 인적성검사, 압박면접에 연연하는 친구들을 보면서, 나는 스무살 때 가졌던 열패감에서 어느 정도 벗어나게 되었다.

"서울에 있는 문창과를 가야 하는 걸까. 여기서 우리끼리 이렇게 합평해서 무슨 발전이 있겠노?"

세시간에 걸친 합평회를 끝낸 후였다. 지수는 첫사랑에 실패한 남녀가 삼십년 뒤에 다시 만나 못 이룬 사랑을 완성했다는 내용의 소설을 써 왔다. 문장이 깔끔하고 내용 전개가 빨라 속도감 있게 읽힌다는 평을 들었다. 하지만 상투적인 인물 설정과 대사들, 어디선가 봄직한 장면 처리 등이 문제되었다. 무엇보다도 사회성이나 역사성이 전무한, 통속 로맨스라는 것에 선배들이 강도 높은 비판을 했다. 붉은 도장으로 등급을 매겨놓은 정육점의 소고기처럼 지수의 소설은 부위별로 칼질되어 점수가 적혔다. 유기농 매장이나 대형백화점 식품관에 들어가기에는 턱없이 부족한 등급이었다.

"왜, 난 좋기만 한데. 문학이 꼭 거대 서사를 말하고, 역사와 민족을 논해야 하나? 내 삶만 봐도 그렇게 거창한 것과는 거리가 먼데. 니들도 애인한테 편지 쓸 때 자신의 문학적 감수성이 최고치가 되지 않나? 연애편지 쓰거나, 심야 라디오 틀어놓고 일기 쓸 때 난 제일 문학하는 사람이 된 것 같던데. 그리고 현실에선 불가능한 완벽한 사랑, 사랑의 완성이라는 것이 소설 속에선 가능하니까. 이거야말로 모든 민족이 오랜 시간 동안 꿈꿔온 숙원 사업인 것 같은데. 문학적 판타지를 제대로 실현했구먼."

그렇게 말한 사람은 현정 선배였다. 90년대의 끝자락을 붙잡고 거대 이데올로기나 정치, 역사적 담론을 말하는 선배들 속에서 말랑말랑한 지수의 연애소설을 두둔해주던 사람 말이다. 내가 쓴 말 같지 않은 작품에서도 의미를 찾고, 용기와 믿음을 주던 사람도.

그런 선배가 서울에 가야 한다는 지수의 말에는 화를 냈다. 문학이 자유롭다는 것은 글의 내용뿐 아니라, 그것을 쓰는 사람의 정신, 행동과 이어진다고. 부산―서울의 위계와 서열 차이에서 벗어나, 내가 있는 이곳에서 소설을 써야 한다고. 더 나아가 그 위계성과 차별의 구조를 전복시키기 위해 문학이 일해야 한다고 말이다. 선배가 그렇게 격양된 목소리를 내는 것은 처음이었다.

현정 선배의 말에는 맹목적인 신도처럼 고개를 끄덕이던 나였다. 하지만 저 말에는 배교자처럼 슬며시 고개가들렸다. 문학의 자유와 위계, 전복과 역습. 다 맞는 말이지만 현실적으로 주변에서 등단한 사람을 보기 어려웠다. 남들 다 하는 것을 나는 왜 하면 안 되냐고 되묻고 싶기도 했다. 나는 문학이라는 십자가를 지고, 고난의 길을 걸어가는 순교자가 되고 싶지 않았다. 행진 맨 앞에 서서, 남들이 가지 않는 길을 개척하는 선지자가 되기도 싫었다. 누군가 만들어놓은 길을 따라서 꽃과 나무, 하늘과 바람을 보고 느끼면서 행렬의 중간쯤에 서 있길 원했다. 그게 그렇게 나쁜 걸까, 아니 하면 안 되는 일인 건가. 지수와 현정 선배의 말을 들으면서 나는 정답이 없는 질문들을 스스로에게 던졌다.

나는 차마 이런 생각들을 현정 선배에게 전하지 못했다. 서울로 가겠다는 지수의 말에 동의하면서도 선배에게는 끝내 좋은 후배이고 싶었으니까.

지수는 3학년 겨울방학에 학교를 그만두었다. 수능시험을 다시 봤고, 서울의 한 사립대학교 문예창작과에 합격했다. 4학년 졸업반이 될 지수가 다시 1학년이 되어 캠퍼스 생활을 시작했다. 나는 문학동아리 활동을 접고 임용고시에 매진했다.

그리고 몇년 후, 1월 1일자 신문에서 지수의 이름을 보았다. 중앙지 신춘문예에 당선된 지수는, 아직 봄이 오지 않은 1월임에도 새로운 봄을 맞은 것처럼 환하게 웃고 있었다. 그때 나는 출산휴가 중이었다. 언제든 가슴을 내어 보일 수 있는 수유 브래지어와 늘어난 수유티를 입고, 백일이 갓 지난 아기를 어르고 달래고 있었다. 밤낮을 가리지 않고 울어대는 아기를 보느라 항상 잠이 부족했고, 피곤했고, 피폐했다. 회사일로 바쁜 남편은 주말 몇시간 아기와 놀아주는 것이 고작이었다. 사방이 뚫린 바람벽 앞에 홀로 던져진 기분이었다.

지수의 당선소감과 지수의 소설과 지수의 사진을 오랫동안 쳐다보았다. 한밤중에 깬 아기에게 젖을 물리면서도, 지수의 소설과 사진과 당선소감이 떠올랐다. 그렇게 며칠을 보내다가, 지수에게 전화를 걸었다. 전화번호는 그대로였다. 축하인사를 건네고 돌고 돌아 말을 이어갔다.

"다시 소설 쓰고 싶다."

누구에게도 말하지 못했던 속내를 고백했다. 글을 쓰고 싶었다. 낡고 좁던, 곰팡내가 폴폴 나던, 동아리방 시절로 돌아가서 가열하게 글을 쓰고 혹독하게 질책받고, 실패와 희망을 도돌이표처럼 반복하면서 그렇게 소설을 쓰길 원했다.

*　*　*

지수를 통해 최선생님을 소개받았다. 등단한 지 삼십 년이 넘은 최선생님은 칠순이 넘은 원로 소설가였다. 그럼에도 유머와 위트 넘치는 말솜씨로 대중을 사로잡았다. 문학과 소설을 이야기할 때면 송곳보다 날카로운 눈으로 변하여 예리하게 지적하고 평하였다. 최선생님 밑에는 약 서른명 정도의 문하생이 있었다. 나처럼 다른 지역에서 온 직장인도 있었고, 문예창작과나 글쓰기 아카데미를 거친 문학지망생도 있었다.

"결혼은 하셨어요?"

특강강사로 온 중견작가가 내게 물었다. 합평 뒤풀이 장소였다. 나는 삼겹살 기름이 손목에 탁탁 튀는 중에도 열심히 고기를 굽고, 자르고 있었다. 중간중간 주위를 둘러보면서 맥주와 소주, 콜라를 시키고, 누군가의 잔을 채우기도 했다. 식당 점원보다 더 빠르게 일어나서 늦게 온 사람의 방석과 수저를 챙겼다. 누가 시킨 것도 아닌데 그렇게 해야만 할 것 같았다.

"결혼은 했어?"

사십대 중반의 중견작가가 다시 물었다.

"결혼은?"

"아…… 네……"

나는 불판 가장자리로 삼겹살을 옮기면서 대답했다.

"결혼했으면 집에서 밥이나 하지 여긴 왜 왔어?"

이제껏 내게 친절하던 중견작가가, 내가 잘라놓은 삼겹살을 쌈장에 푹, 찍으면서 말했다. 순간, 중견작가의 말에 어떤 대답을 해야 할지 몰랐다. 이 자리에서, 모두가 화기애애하게 문학과 소설과 시와 음악과 미술과 예술을 논하고 있는 이 자리에서, 내가 정색을 하고 화를 낸다면.

"그러게요. 여기 왜 왔을까요?"

삼겹살을 자르는 나의 손이 부들부들 떨렸다. 내가 떨고 있다는 걸 상대에게 들키지 않기 위해 젓가락과 가위를 탁자 위에 내려놓았다. 중견작가가 언짢아하지 않게 눈치를 살폈다.

물론 잘 알고 있었다. 표정을 살피며 미안해야 할 사람은 내가 아니라, 그임을. 하지만, 하지만…… 뭐라고 해야 하나. 그렇게 고기를 굽고 내려오던 밤기차 안에서 나는 스스로를 자책하고 탓했다. 이렇게까지 해서 무슨 글을 쓰겠다고. 서울은 내게 어떤 곳일까, 하는 근원적인 질문도 해보았다. 막연하게 가져온 내 욕망의 맨얼굴과 마주해야 하지 않을까 싶었다. 그리고 아주 오랜만에 현정 선배를 떠올렸다. 현정 선배였다면 어떤 태도를 보였을까. 무슨 말을 했을까.

문학회에서 MT를 갔었다. 바닷가 앞의 민박집에서 합평을 하고 술을 마셨다. 몇몇은 밤바다를 보러 자리를 떴고, 몇몇은 방에서 술을 마셨고, 또 남은 몇몇은 옆방으로 가서 잠이 들었다. 사건은 사람들이 잠을 자던 방에서 일어났다. 술이 취한 남자 선배가 잠든 여자 후배의 가슴을 만진 것이다. 후배는 잠결에 누군가가 제 옷자락을 들춰 브래지어 안으로 손을 넣었다는 것을 알았다. 소스라치며 일어나니 옆에는 얼큰하게 취한 남자 선배가 코를 골며 누워 있었다.

MT는 그것으로 끝이 났다. 남자 선배의 남자 동기들과 남자 선후배들은 취중에 일어난 일이라며, 이해해달라고 했다. 평소 여자 후배를 마음에 두고 있어서 술김에 일을 벌였다고 했다. 남자 선배는 여자 후배에게 정식으로 고백하고 사귈 거라고 말했다. 그 말에 다른 남자 선배들과 동기, 후배들이 박수를 치며 환호성을 질렀다. 여자 후배는 남자 선배와 사귈 생각이 전혀 없었다. 그녀에게 남자 선배는 다른 사람의 감정이나 생각 따위는 전혀 고려하지 않는, 무례하고 예의 없는 사람일 뿐이었다. 함부로 제 몸을 만진 성추행범일 뿐이었다.

"진심으로 사과하고 문학회를 탈퇴해."

현정 선배의 목소리는 낮고 단호했다. 끓어오르는 분노를 온몸으로 참고 있는 게 보였다. 반발이 나왔다. 그깟 일 가지고 어린 후배에게 선배가 어떻게 사과하느냐고 말했다. 술김에 그럴 수도 있지, 이제껏 문학회에 기여한 일이 얼마나 많은데, 이런 일 가지고 탈퇴하라고 하느냐며 미친 듯이 화를 냈다.

말들은 꼬리에 꼬리를 물며 부풀어졌다. 나중에는 현정 선배가 그 남자 선배를 좋아했다는 말까지 돌았다. 여자 후배와 사귄다고 하니 속상해서 더 열을 내는 것이라 했다. 한쪽에선 조용하게 넘어갈 수 있는 일을 현정 선배가 더 키운다고도 했다. 후배의 부모님이 이 일을 알면 현정 선배를 가만두지 않을 것 같다고 했다.

결국 남자 선배와 여자 후배는 각자의 이유로 문학동아리를 그만두었다. 그리고 모든 책임은 현정 선배에게 돌아갔다.

*　　*　　*

　지수가 알려준 주소를 들고 장례식장을 찾았다. 현정 선배의 수첩에 적혀 있던 문학회 사람 중 유일하게 전화번호가 바뀌지 않은 건 지수뿐이었다. 인맥, 학맥, 연고를 중요시 여기는 지수였기에 가능한 일이었다.

　장례식장은 우리가 졸업한 대학 인근에 있는 종합병원 안에 있었다. 경영 미숙, 경기 침체로 종합병원은 몇달 전에 문을 닫았고 주차장을 같이 쓰는 장례식장만 운영되고 있었다. 병원이 문을 닫으니 장례식장에도 손님이 없기는 마찬가지였다. 열개의 장례식장 중 두 곳만 장례를 치렀다. 현정 선배의 이름을 확인하고 안으로 들어갔다.

　장례식장 가운데 놓인 갈색 나무단 위에 현정 선배의 사진이 올려 있었다. 하얀 국화꽃 사이로 스무살에 처음 본 현정 선배가, 마치 동아리방에 앉아 있던 모습 그대로 웃고 있었다. 분향소 구석에 짧은 파마머리의 여자가 등을 돌려 누워 있었다. 손님은 아무도 없었다.

　"저기……"

　누워 있던 여자가 인기척을 듣고 일어났다. 검은 상복을 입은 노년의 여자는 볼살이 없어 광대가 도드라져 보였다. 가늘고 얇은 머리숱 사이로 머리 밑동이 훤히 드러났다. 한눈에 봐도 지쳐 있었다.

"현정 선배 후밴데요."

"전화 받은 분입니꺼?"

"아, 친구입니다. 다 같은 문학회였는데. 그 친구는 서울에 있어서……"

시간은 자정을 훌쩍 지나 있었다. 부고를 듣고 역에서 바로 장례식장으로 왔는데, 여자의 모습을 보니 조문객을 맞기에 너무 늦은 시간이 아니었나 싶었다. 혼자만의 감정에 빠져 상주와 가족들을 배려하지 못했다는 걸 깨달았다.

"너무 늦은 시간에 죄송해요. 갑자기 소식을 알게 돼서."

"아닙니더. 현정이가 아는 사람이 별로 없어서, 이렇게 찾아와준 것만 해도 감사해요. 우리 애가 많이 고마워할 겁니더."

현정 선배에게 조문을 하고 작은 상 앞에 앉았다. 선배의 어머니가 소고기국과 쌀밥, 과일, 소주, 탄산음료를 챙겨왔다. 묻지 않았는데도 선배에 대해 이야기하기 시작했다.

"문학회 후배라니, 자알 알겠네요. 도대체 소설이 뭔데, 그렇게 그것만 쓰겠다고 고집을 부리는 겁니꺼? 마흔이 되도록 결혼도 안 하고. 혼자 살았어요. 그거 쓰면 쌀이 나와 돈이 나와. 다른 일을 하려고 하다가도 그놈의 병이 도

지면, 또다시 글, 글, 글 타령. 얘가 진짜 글 땜에 죽었다니까요. 글 땜에."

목소리는 죽은 자식에 대한 그리움과 사랑, 분노와 답답함 등이 복합적으로 섞여 있었다. 어머니가 투명한 유리잔에 소주를 따라 한번에 털어넣었다.

임용고시에 매달리면서 문학회는 멀어졌다. 소문으로는 현정 선배가 휴학을 했다고 했다. 다들 취업 준비를 하는 시기이니, 선배도 같은 이유일 거라 여겼다. 지수가 연락을 해 왔다. 학교 캠퍼스에서 현정 선배를 보았다는 것이다. 서울로 가겠다는 자신을 욕해놓고 학교를 옮긴 것 같다고 했다. 확실하냐고 묻자, 뒷모습이 선배와 똑같다고 강조했었다.

최선생님의 문하생들이 홈커밍데이라는 이름으로 모였다. 이제는 등단작가가 된 제자들이 제 이름이 적힌 책을 들고 찾아왔다. 최선생님이 다른 작가에게 물었다. 현정이는 소식이 없냐고. 제자들 사이에서 현정은 금기어로 통했다. 선생님의 믿음직한 애제자였으나, 등단하고 발길을 뚝 끊었다고 했다. 내가 아는 현정 선배와 이름이 같은 작가를 나는 본 적이 없었다. 지수가 했던 말이 떠올라, 동일인물인가 싶기도 했다. 만약 맞다면, 내가 더 어색하고 불편해서 얼굴 보기가 힘들 것 같았다. 선배가 했던 말과 행동을 떠올리면 묘한 배신감이 들기도 했다. 본 적도 없는 현정이라는 작가를 나는 한동안 미워하고 피해 다녔다.

"작가가 돼서 책이라도 내면 몰라. 그것도 아니고. 내가 진짜 현정이만 생각하면 속에서 천불이 나고 가슴이 답답한 게, 하아…… 물어보고 싶어서 문학회 사람한테 연락했으요. 다른 사람들도 우리 애처럼 사나, 진짜 다들 이렇게 글만 쓰면서 살고 있나 싶어서……"

어머니가 주먹으로 가슴을 쿵쿵 내리쳤다. 주먹질을 할 때마다 마르고 작은 어깨가 서럽게 들썩였다. 조금만 더 세게 치면 오래된 석고상처럼 와르르 무너질 것 같았다.

현정 선배는 서울의 사립대를 가지 않았다. 어느 소설가의 문하생이 되지도 않았다. 대학교 때부터 살던, 학교 인근의 자취방에서 살았다. 며칠째 연락이 되지 않자, 선배의 어머니가 자취방을 찾아갔다. 선배는 시집과 소설책, 습작노트와 원고지로 가득 찬 방에서 심정지 상태로 발견되었다. 책상에는 줄무늬 노트가 펼쳐 있고, 새로 시작한 소설의 첫 문장이 쓰여 있었다. 그러니까 현정 선배는 그렇게 살았다. 최소한의 돈벌이만 하면서 나머지 시간은 글을 쓰고, 글을 쓰고, 글을 썼다. 오직 글을 쓰기 위해 태어난 사람처럼, 다른 어떤 것도 이보다 가치 있는 것

210

은 없다는 듯한 태도와 몸짓으로, 소설을 읽고 소설을 쓰고, 소설을 고치며 살았다.

어머니가 자리에서 일어나 커다란 배낭을 끌고 왔다. 배낭 안에서 검은색, 녹색, 붉은색 노트를 꺼냈다. 200자 원고지 뭉텅이를 꺼냈다. 노트북을 꺼내고 외장 하드 여러 개를 꺼냈다. 모두 현정 선배가 쓴 소설들이었다.

"우리 애, 소원 들어준다고 생각하고, 이것 좀 봐줘요. 같은 문학회 사람이었으면, 잘 알 거 아닙니꺼. 내는 도와주고 싶어도 아는 게 없어요. 맞다, 내가 그쪽 이름도 안 물었네. 이름이 뭐예요? 얼굴을 보니 울 현정이랑은 다르게 산 것 같은데……"

나는 최선생님이 편집위원으로 있는 문예지로 등단을 하고, 같은 출판사에서 첫 소설집을 냈다. 그리고 오늘 출판기념회를 성공적으로 끝내고 장례식장에 왔다. 내 눈을 빤히 들여다보는 어머니 옆에서 무슨 말을 해야 할까. 가방에는 나의 자랑스러운 첫 책이 들어 있었다. 책을 꺼내서 어머니께 드릴까. 선배의 마지막이 외롭지 않도록 단위에 올려놓을까, 아니면 지수의 책을 가져올까. 현정 선배는 나와 지수의 책을 보면서 어떤 표정을 지을까.

어머니가 노트를 내 앞으로 밀어놓았다. 나는 한권을 들어 펼쳐 보았다. 익숙하면서도 낯선 선배의 문장들이 노트를 채우고 있었다.

*나는 이 세상에서 가난하고 외롭고 높고 쓸쓸하니 살아가
도록 태어났다.*[*]

어느 장을 펼쳐 보아도 마찬가지였다. 노트 안에는 내
가 알던 현정 선배가 없었다. 작고 여린, 부서지기 직전의
창백한 인간이 들어 있었다. 애쓰고 애쓰던 누군가의 마
음이 앉아 있었다. 내 안의 어떤 감정들이 용수철이 되어
불쑥불쑥 솟아올랐다. 단단했던 감정들이 물컹거리는 어
떤 것으로 변하여 몸속을 돌아다녔다. 개중에는 눈앞을
뿌옇게 적시는 것도 있었다. 나는 말없이 가방끈을 꽉 잡
았다.

띠리릭, 언제 오냐는 남편의 문자메시지였다. 창밖으
로 서서히 해가 떠올랐다. 서둘러 집에 가서 아이 등원 준
비를 하고, 남편 출근 준비를 도와야 한다. 나 역시 학교에
가야 했다. 다시 일상을 시작해야 했다. 그럼에도 발길이
떨어지지 않았다. 상 위에 올려진 오래된 원고를, 누군가
가 쓴 자신의 전부를, 흰 바람벽 속에 앉아 있는 현정 선

[*] 백석 「흰 바람벽이 있어」 중에서.

배를 차마 두고 갈 수가 없었다. 그래서 나는 조금 더 그
자리에 앉아 있었다.

바람벽 아래에서 쓰는 소설

박혜진

1. 미온의 열정

소설의 구조는 그 소설이 속한 시대를 살아가는 사람들의 심리 구조이기도 하다. 사람들이 난관을 만났을 때어느 국면에서 탈출구를 발견하고 길을 내는지 살펴보고자 한다면 소설이 전개되는 방식을 섬세하게 관찰해보는것이 다른 어떤 방식보다도 더 효과적이다. 소설의 전개방식이 그 시대를 지배하는 통상적인 사유 방식을 반영하기 때문이다. 작가가 인물을 구성하고 사건을 꾸미고 사건에 대처하는 방식에서 비롯되는 갈등의 양상을 만들어낼 때 그 모든 상황들은 무작위로 차출된 어느 한 사람의것이 아니다. 앞서 언급한 모든 조건들은 선택된 것이며,

그 선택에서 비롯되는 '해석'이야말로 소설 속 어느 인물을 그저 어느 한 사람으로만 볼 수 없게 만든다. 소설의 한 사람 뒤에는 수많은 '한 사람'이 있다. 각자의 해석이 한 사람의 사연을 한 사람의 사연에 국한되지 않게 만든다. 모든 소설은 사회적이다. 사회적이지 않은 때조차 사회적이지 않다는 점에서 사회적이다.

이 책에 수록된 일곱편의 소설들은 다분히 사회적이다. 편편의 작품을 읽는 동안 독자들은 다음의 두가지 생각을 했을 가능성이 높다. 한가지는 내용과 관련한 것으로, 서울과 지방의 위계에 대한 시선이 반복적으로 등장한다는 것이다. 소설들에서 다루고 있는 바와 같이 '인서울(IN SEOUL)'이라는 말이 하나의 명사처럼 굳어진 '서울공화국'에서 아직 잘 알려지지 '지방작가'이자 신인작가로 살아간다는 것에 대한 냉소적이고도 솔직한 묘사가 두드러진다. 주인공이 꼭 작가에 국한되는 것은 아니지만 문학, 출판 등 문화적인 영역에 속해 있는 탓에 문화 인프라가 집중되어 있는 서울과 비교해 열악한 면모를 띠고 있는 지방으로서의 도시가 더 두드러지게 인식된다. 다른 한가지는 형식과 관련한 것으로, 저마다의 문제에 봉착할 때 인물들이 과거의 어느 한 인물과 그와 관련된 상황을 떠올린다는 것이다. 주인공들은 현재 경험하고 있는 문제

앞에서 자신과 비슷하거나 더 어려운 상황을 겪으면서도 자기의 길을 만들어 나갔던 선배나 동료의 존재를 떠올리기도 하고 지금의 처지와 유사한 상황에 있었던 자신의 과거를 떠올리기도 한다. 이러한 회상은 위로가 되는 동시에 한계 역시 선명하게 드러낸다. 나와 비슷한 문제를 겪었던 사람을 떠올릴 수 있다는 있다는 점에서 공감대와 위로가 형성되지만 문제가 여전히 지속된다는 점에서 그 변화 없음에 대한 한계를 직면해야 하기 때문이다.

이 두가지는 일견 무관해 보이지만 지방에서 문학에 대한 꿈을 품고 삼십대로 살아가는 사람들이 맞닥뜨리는 삶의 곤란함을 공간적 한계와 시간적 한계를 경유해 보여주고 있다는 점에서 하나의 길로 이어지는 두갈래 길이라고도 볼 수 있다. 이 소설을 읽는 독자들은 작가지망생으로서의 꿈을 간직한 채 조금은 불안하고 막막한 심정으로 그 꿈을 계속 품어도 될지 의심하는 어느 소설가나 비정규직이라는 불안한 자리로 인해 불의에 마땅히 대응할 수도 없는 지방의 한 대학강사, 지방의 출판사에서 일하며 이미 결정된 삶과 아직 결정되지 않은 삶 사이에서 자신이 얼마나 더 욕심을 내어도 좋을지 무엇을 포기해야 할지 알지 못하는 혼란스러운 상황을 마주한 청춘의 초상들을 떠올릴 것이다. 성취해야 할 것들의 목록에는 끝이 보이지 않지만 자신을 규정하고 있는 삶의 조건들은 하나둘씩 끝이 보이는 것만 같은 삼십대의 저물 녘. 꿈을 좇아 어디든 가기엔 현실의 무게를 알아버렸고 이대로 만족하기엔 현실이란 무게의 공허함을 알아버린 나이. 이 책에 수록된 이야기들은 계속 달려야 할지 이젠 멈춰야 할지 선택하지 못한 채 엉거주춤한 자세로 청춘의 후반부를 스치고 있는 삼십대가 품고 있는 뜨겁지 않은 마음과 그럼에도 포기할 수 없는 미온의 열정에 대한 초상이다. 다 태워버릴 듯 뜨겁게 달아오르는 것만이 열정은 아니라는 듯, 오선영은 끝내 꺼지지 않는 미온의 지속성도 열정의 다른 형태일 수 있다고 편편의 소설을 통해 말한다. 경쟁하는 사회에서 조루해버린 청춘들에게 들려주는 말이자 청춘들의 말이기도 할 것이다.

2. 바람벽과 관광객

마지막 작품으로 수록되어 있는 「바람벽」을 먼저 읽는 이유는, 이 작품을 통해 앞서 이야기한 미온의 열정에 해당하는 단서들을 읽을 수 있기 때문이다. 「바람벽」은 첫 소설집을 출간한 지 얼마 되지 않은 신인 소설가 서정현이 자신을 위해 마련된 출판기념회를 발단으로, 자신을 둘러싼 소설가들의 '쓰는 삶'에 대해 본질적인 질문하는 소설인 동시에 베스트셀러로 이름을 알리는 소수의 소설가가 아닌 무명의 소설가들이 소설을 써 나가는 현장을 섬세하게 드러내고 있다.

소설의 주인공인 서정현의 직업은 중학교 교사이다. 남들 눈에는 안정된 직업을 갖고 있는 그의 소설 쓰기가 뜬금없는 취미 정도로 보이기도 하지만 그에게 소설은 오랜 열망이자 자신도 그 끝을 알 수 없는 맹목적인 꿈이다. 장편소설을 쓰려면 서울로 가는 게 좋다는 충고도 마다하고 부산에서의 삶을 택했지만, 결혼 후 육아를 병행하면서도 소설 쓰기를 계속하기 위해 이주에 한번씩 서울에 다녀오는 것이 편할 리 없다. 나름으로는 버틴다고 버텨 왔지만 첫 책 출간은 소위 '자비출판'이었다. 자신의 비용으로 천 권을 만들어 그중 오백권은 집으로 배달시킨 정현은 종이 상자에 담겨 있는 오백권의 책을 쌓여 있는 폐품에 비유하며 "불태우고 싶었다"고 말한다. 소설을 배우기 위해 찾아간 수업의 뒤풀이 자리에서 열심히 고기를 구우며 선배 소설가들의 비위를 맞추는 순간의 모멸감과 쌓인 책을 바라보며 느끼는 수치심. 그에게 소설이란 못다 이룬 꿈에 대한 오기에 불과했을까. 접을 수 없는 꿈에 대한 미련

일까. 사실 문학은 집안 사정으로 인해 지방대에 입학한 정현에게 자존감을 선사하는 유일한 세계였다. 지금은 접을 수 없는 무엇이 되었지만.

정현의 친구 지수는 대형출판사에서 소설집과 장편소설을 출간하는 등 정현과 달리 전업작가로 살아간다. 지수로부터 출판기념회를 축하하는 말을 듣지만 정현은 그 말들에서 오히려 비아냥거림을 읽는다. 그러나 정현은 또한 알고 있다. 잘 나가는 작가인 것처럼 보이는 지수가 매달 생활비가 부족해 전전긍긍하는 것을. 지수에 대한 열등감과 무시가 뒤섞여 뿌옇게 된 마음에 충격을 준 것은 현정 선배의 사망 소식이다.

대학생일 때 자신에게 문학에 대한 열정을 심어준 유일한 선배이자 자신과 달리 오직 문학에 헌신한 삶을 살았던 현정 선배는 문학에는 삶도 포함된다는 일념으로 지방에서 소설 쓰기를 고수했던 사람이기도 하다. 서울의 위계와 서열 차이에서 벗어나 자신이 있는 곳에서 소설을 씀으로써 차별과 억압의 구조를 전복하는 것이 자신의 문학이라고 했던 선배는 자기 방에서 쓸쓸하게 죽어 갔다. 무엇 하나 전복하거나 역습하지 못한 세상에서. 세상에 어떤 의미로도 기입되지 못한 선배의 죽음이지만 정현에게만은 분명한 전복과 역습을 가했다. 자신의 이름을 거꾸로 한 현정 언니의 죽음에서 언니와 다른 '나'의 문학을 정립한 것이다.

"나는 문학이라는 십자가를 지고, 고난의 길을 걸어가는 순교자가 되고 싶지 않았다. 행진 맨 앞에 서서, 남들이 가지 않는 길을 개척하는 선지자가 되기도 싫었다. 누군가 만들어놓은 길을 따라서 꽃과 나무, 하늘과 바람을 보고 느끼면서 행렬의 중간쯤에 서 있길 원했다."(「바람벽」 201면)

'나'는 문학을 위해 모든 걸 희생하지도 않을 것이고 문학을 통해 내 이름을 드높이겠다는 희망도 품지 않은 채 문학을 계속해 나가겠다고 생각한다. 위계와 서열의 세계에서 좋은 자리를 차지하고 높은 서열을 획득하기 위한 방법으로서의 문학이 아니라 세상을 인식하고 느끼는 자기만의 방식으로서의 문학을 다짐하는 태도이기도 하다. 이는 물론 낭만주의적 세계관의 소산이다. 일등이 될 수 없다면 일등을 산출하는 시스템을 부정함으로써 일등이 존재하지 않는 세계를 만드는 것이 낭만주의의 뿌리라고 할 때, 「바람벽」의 가치관은 분명히 오랜 낭만주의의 유산인 것이다. 그러나 기존의 세계를 전복하거나 다른 세계를 만들겠다는 의지로 전개되지 않는다는 점에서 낭만주의와 구분된다. 구경하며 즐기겠다는 문학론은 차라리 아즈마 히로키의 '관광객' 개념에 부합한다.

관광이라는 불필요하고 경박한 행위에서 의미를 발견하려는 아즈마 히로키는 정치적인 것의 본질은 자국민과 적을 공적인 기준으로 구분하는 데 있으며 공적이라는 말은 '진지하다'는 것을 의미한다고 말한다.* 반면 방문한 곳을 산책자처럼 떠돌아다니는 관광객의 들뜬 마음은 '경박하다'. 아즈마 히로키에 따르면 '관광객적 주체'는 도스또옙스키의 소설 '지하로부터의 수기'에 나오는 '지하 인간'을 닮았다. 타인과의 관계 속에서 끊임없이 위계를 생각하고 위축되는 주인공의 모순된 내면은 정치적 인간이 아니라 문학적 인간으로서의 그것을 보여준다는 것이다. 어디에도 소속되지 못하는 한 외톨이를 통해 도스또옙스키가 말하려던 진실 역시 계몽적이고 이상적인 존재로서의 인간이 아니라 모순된 존재로서의 인간, 요컨대 문학적인 존재로서의 인간이었다. 행렬의 중간쯤에서 하늘과 바람을 느끼는 문학을 하겠다는 화자는 진지함과 경박함 사이, 정치와 문학 어느 쪽에도 속하지 않지만 정치와 문학 어느 쪽에나 속해 있는 존재를 상상하는 과정에

---

* 아즈마 히로키 『관광객의 철학』, 안천 옮김, 리시올 2020, 42~43면.

서 비롯된 '관광객적 주체'의 면모를 띤다.

3. 행복은 만석

바람벽 아래에서 관광객처럼 살아가고자 하는 세계관이 드러나기까지는 아직 무엇에도 정착하지 못한 데에 따른 다양한 상황들이 있었다. 「다시 만난 세계」와 「우리들의 낙원」을 비롯해 「호텔 해운대」와 「도서관 적응기」에서 만나게 되는 인물들은 다소간의 차이는 있으나 모두 미결정, 미확정 상태를 경험하고 있는 이 시대의 고단한 젊음이다. 계층 속에서의 자신을 위치를 확인받고 그에 따른 생활 방식을 결정지어야 하는 세상에서 어디에도 소속되지 못한 채, 혹은 지금 자신의 위치를 자신의 것으로 확정짓지 못한 채 좌표 설정의 어려움을 호소하는 불안한 젊음이기도 하다.

「호텔 해운대」의 화자인 수정은 운 좋게 라디오 퀴즈 정답자로 당첨되어 해운대의 고급호텔 숙박권을 선물로 받는다. 마침 9급 공무원 시험을 준비하느라 고생 중인 남자친구와 함께 평소 누리지 못한 호사를 즐기게 되었다는 들뜬 마음도 잠시, 부가세가 별도라는 사실을 알지 못한 탓에 예정에 없던 지출을 하게 되면서 두 사람의 호캉스 장르는 일순간 판타지에서 리얼리즘으로 하강한다. 비싼 호텔 음식을 먹는 대신 국밥을 먹으러 나오는 두 사람의 하룻밤은 그들이 가지지 못한 것을 알려주는 확인사살처럼 잔인하다.

한편 「우리들의 낙원」은 재개발 지역의 신축 아파트 분양을 받기 위해 견본 주택을 보러 가게 된 '나'의 이야기다. 재개발 허가가 나자 도시에서 가장 비싸게 거래되는 지은 지 사십년 된 아파트, 교통이며 학군과 상권을 모두 충족시키는 이 아파트는 열두 살이었던 화자가 살던 곳이기도 하다. 이곳으로 이사 온 '나'는 전학 온 이후 수빈이란 아이를 만나게 된다. 궁전 같은 집을 지긋지긋하다고 말할 수 있는 수빈과의 관계는 그와의 경제적 차이를 인식하고 스스로 멀어졌던 경험이자 자신의 위치를 스스로 결정지었던 상처로 남아 있다. 어릴 적의 '나'가 자신의 위치와 계급을 알게 된 것처럼 사십년이 지난 지금도 '나'는 이곳에서 '나'의 위치와 계급을 인식한다.

그런가 하면 「다시 만난 세계」의 '나'는 지방의 대학에서 불문과를 졸업하고 시간 강사를 하고 있다. 대학원생이 교수로부터 받은 성추행 사건에 대한 성명서에 '비정규교수노동조합회' 이름으로 참여한 것이 반페미니즘 성

향의 학생들로부터 지탄 받는 일이 되어 곤혹스러운 상황에 처한 '나'. 비정규직이라는 지위가 주는 불안함을 자극하는 것은 다름 아닌 학생들의 강의평가다. 다음 학기 채용을 결정하는 데 학생들의 강의평가가 반영되는 상황에서 '다음 학기 피해야 할 페미'라는 식의 혐오가 이루어지고 있는 것이다. 그때 '나'는 문득 유리 언니를 떠올리게 된다. 언니는 대학 시절 아이스크림 가게에서 아르바이트를 하며 만난 선배. 대부분의 대학생들이 NL, PD라는 구분 아래 학생운동을 하던 시절이었다. 프라다 구두를 신고 샤넬 향수를 뿌린 모습으로 지나가는 사람들에게 콘돔을 나누어주던 유리 언니는 여성주의 운동을 하는 선배들 중에서도 단연 눈에 띄었다. 자기만의 방식으로 여성의 자기결정권에 대해 주장했던 언니는 불문학을 전공했던 '나'에게 프랑수아즈 사강이었고 줄리엣 비노쉬였으나, 여성주의 동아리에서 진행한 운동이 인터넷 커뮤니티에서 화재가 되어 개인정보가 노출되는 상황에 처하며 부당하게 사라진다.

취업, 부동산 그리고 여성주의라는 화두는 이 시대를 살아가는 삼십대 청춘을 관통하는 공통의 문제이면서 세대에서 세대로 관통되는 여전한 화두이기도 하다. 무엇보다 정치적 존재로서의 피로감을 보여준다. 소녀시대가 리메이크한 「다시 만난 세계」는 여성주의 운동의 현장에서 합창되곤 했던 노래다. 대학가의 이십대를 주축으로 하는 이 노래는 새로운 세대의 새로운 방식을 상기하지만 노래가 울려 퍼지고 있는 곳에서 이루어지는 문제 해결 방식은 아직 '리메이크'되지 못한 채 답보하고 있다.

네편의 소설들을 통해 횡적으로 공통된 화두를 읽는 동시에 종적으로 이어지고 있는 화두 역시 읽는다. 모두 다 겪고 있는 문제라는 점이 안도감을 주는 한편 끝나지 않는 문제가 유구하게 반복되며 고통을 대물림하고 있다는 사실이 고통을 가중한다.

4. 불행은 지정석

앞서 읽은 네편의 소설들이 자리 잡지 못한 젊음의 불안을 보여준다면 이어지는 두편의 소실은 불행에만온 지정석을 '제공'하는 사회의 이면을 보여준다. 「후원명세서」와 「지진주의보」는 사회로부터 도움을 받는 사람들에게 주어지는 기대가 배신되는 상황에서의 아이러니와 모종의 대가로 받은 보상금에 대해 느끼는 죄책감 등 물질로 환원되는 세계에서 경험하는 마음의 문제를 다룬다.

「후원명세서」는 저소득층 후원아동이었던 윤미가 현재 사회복지사로 일하고 있는 아동복지재단에서 벌어진 에피소드를 중심으로 펼쳐진다. 후원자로부터 항의를 받게 된 사연인즉, 자신이 후원하고 있는 아동이 삼십만원 상당의 나이키 운동화를 갖고 싶어 한다는 이야기를 재단으로부터 들었다는 것이다. 후원자가 알려 달라고 해서 알려줬다는 담당자와, 후원자가 원하니까 정말로 원하는 것을 말했을 뿐인 후원아동 사이에서 윤미는 후원아동이었던 자신의 어린 시절을 떠올린다.

후원 대상으로서 윤미는 늘 두개의 갈림길에 서고는 했다. '데미안'의 세계와 '키다리 아저씨'의 세계이다. 전자가 자신이 되기 위해 자신을 둘러싸고 있는 알을 깨고 나가야 하는 세계라면 후자는 도움을 받기 위해 타인의 원하는 자신이 되어야 하는 세계. 윤미에게 기대되는 '나'는 착하고 성실한 여중생의 모습이었고, 방송사의 의도대로 엄마 병간호를 하고 집을 청소 하는 모습을 연출한 덕분에 많은 모금액을 모으는 데 성공했다. 그러나 그것은 무엇의 성공이었을까. 나이키 운동화를 신고 싶다던 아이가 나와 만난 자리에 자신이 모은 돈으로 산 빨간 운동화를 신고 나타난 장면은, 그래서 윤미에겐 충격이었다. 윤미가 '키다리 아저씨'의 세계에 있다면 아이는 '데미안'의 세계에 있는 것이다. 도움 받는 사람에 대한 전형성에서 탈피하지 못하는 문제가 당사자였던 윤미에게도 예외가 아니라는 사실은 시사하는 바가 크다.

「후원명세서」가 주는 사람의 시선에서 받는 사람을 대상화하는 문제를 포착한다면 「지진주의보」는 받는 사람의 받는 행위의 본질을 묻는다. 마트에서 일하던 엄마가 지진으로 인해 사망한 뒤, 엄마가 다니던 기업은 천재지변이라는 이유로 보상을 할 수 없다고 주장하지만 일체의 이의제기나 소송을 하지 않는다는 조건으로 엄마의 죽음을 산재보험 처리해준다. 그 무렵 '나'는 칠년 동안 사귄 승민으로부터 헤어지자는 이야기를 듣지만 엄마의 장례식장에 나타난 승민은 이별을 통보한 자신을 후회하며 다시 만나자고 한다. 승민이 돌아온 것처럼 통장에는 엄마의 사망에 대한 보험금이 입금된다. 엄마는 돌아오지 못했고 돌아온 승민조차 이전의 승민은 아닐 것이다. 그러나 통장에 돈이 들어오자 내일이 생기고 미래가 생긴다. 빠르게 이루어지는 보상 절차에서 알 수 있듯이 불행에는 값이 매겨져 있다. 불행의 값은 이의 제기나 소송도 허용하지 않기 위해, 즉 각자의 자리가 그대로 유지되기 위해 지불되는 비용이기도 한 것이다.

이제 다시 「바람벽」으로 돌아가자. 문학이 곧 자신이었던 선배의 고독한 죽음과 번듯한 인지도는 있지만 생활인으로서 삶의 축은 누구보다 허약했던 친구 사이에 선 주인공은 문학을 통해 말하고 문학을 통해 자신의 존재감을 인정받는 것이 아니라 문학으로도 말하고 문학으로도 자신을 설명할 수 있는 길, 즉 정치적 존재로서가 아니라 문학적 존재로서 소설 쓰기를 계속해 나갈 것이다. 정해진 자리가 그대로 유지되기를 원하는 사람들과 원하는 자리에 도달하지 못하는 사람들 사이, 행복의 만석과 불행의 지정석 사이, '바람벽'을 지나 관광객의 자세로 자신의 삶을 이어 나가는 것은 "낙원"을 잃어버린 사람들의 "다시 만난 세계"이자 자리 없는 세상에서 자기 길을 살아 내는 방법이며, 이 책에 실린 소설의 구조가 이 시대를 살아가는 사람들의 심리 구조이기도 한 이유이다.

朴惠眞 | 문학평론가

유년 시절, 전근이 잦은 아버지의 직업 때문에 이사를 자주 했었다. 초등학교를 네번 옮겼고, 마지막으로 전학을 간 도시의 학교에서 졸업을 했다. 진학을 해서도 그 도시 안에서 또다시 몇번의 이사를 했다. 그리고 현재까지 그 도시에서 살고 있다. 스스로 무언가를 선택할 수 있는 나이가 되면, 그 도시를 가볍게 떠날 수 있을 거라 믿었다. 여행을 가듯 손쉽게 이삿짐을 싸서 떠날 수 있을 거라 생각했는데, 나는 여전히 그곳에서 살고 있다.

두번째 소설집을 엮기 위해 그동안 쓴 소설들을 다시 읽어보았다. 무심히 지나는 일상들이, 그 도시의 공기와 온도와 햇빛이 소설 곳곳에 녹아 있었다. 모든 것이 허구라고, 지어낸 이야기라고 믿었는데. 소설 여기저기에 묻어나는 도시의 색깔들을 보면서 놀랐다. 내게 이곳은 어떤 의미일까, 나는 어떤 곳에서 살고 있는 걸까, 하고 자문해보기도 했다.

내겐 일상이자 보통의 날들인 이곳의 이야기가 이 책을 읽는 분들에게도 보통의 이야기로 다가갔으면 좋겠다. 어느 한 장소에서만 일어나는 특별한 이야기가 아니라, 누군가의 발걸음이 머무는 모든 장소에서 일어날 수 있는 평범한 이야기로 말이다. 그렇게 각자의 이야기로 이 글들이 읽힐 때, 자신이 발 딛고 있는 곳의 공기와 온도, 햇빛의 농도가 더 생생하게 느껴지지 않을까 싶다. 덧붙여 어느 곳에서 이 책을 읽고 있는지, 그곳의 안부도 넌지시 물어본다.

그럼에도 특별한 대상에서 영향을 받아 쓴 소설들이 있다. 「후원명세서」는 2018년 뉴스로 읽은 아동급식카드

기사에서 이야기를 착안하였다. 「다시 만난 세계」는 2000년대 초반 부산대학교에서 있었던 '월장' 사건을 떠올리며 썼다. 두 소설 속 인물과 사건들은 물론 허구이다. 허구지만 허구 같지 않은 이야기들이 지금도 반복되고 있지 않은지, 의심하면서 소설을 썼다.

어느 때의 나는 단 한편의 소설을 발표하고 싶었고, 어느 시절의 나는 내 이름으로 된 단 한권의 책을 가지고 싶었다. 그 정도면 충분하지 않을까 했는데, 감사하게도 두번째 소설집을 낼 수 있게 되었다. 책이 나올 수 있도록 도와주신 모든 분들께 감사드린다. 내 소설들의 손을 잡아준 출판사 창비와 꼼꼼히 읽고 피드백을 해준 이해인 편집자님, 해설과 추천사를 써준 선생님들께 다시 한번 감사의 말을 드린다. 이 책에 실린 모든 소설의 첫번째 독자였던 남훈과 그 소설을 쓰는 지난한 시간 동안 대가 없는 응원을 보내준 이준에게 사랑의 말을 전한다.

앞으로도 내가 발 딛고 있는 어느 곳에서, 계속해서 소설을 쓰겠다.

2021년 겨울
부산에서 오선영

| 수록작품 발표지면 |

호텔 해운대 …… 문장 웹진 2019년 10월호

우리들의 낙원 ……『창작과비평』2019년 여름호

다시 만난 세계 ……『실천문학』2020년 겨울호

후원명세서 ……『작가와사회』2018년 가을호

지진주의보 ……『The 좋은 소설』2020년 가을호

도서관 적응기 ……『내일을 여는 작가』2021년 상반기호

바람벽 …… 무크지 쩹 Vol.6『역습』(전망 2018)

호텔 해운대

초판 1쇄 발행 • 2021년 12월 30일

지은이 / 오선영
펴낸이 / 강일우
책임편집 / 이해인
조판 / 박아경
펴낸곳 / (주)창비
등록 / 1986년 8월 5일 제85호
주소 / 10881 경기도 파주시 회동길 184
전화 / 031-955-3333
팩시밀리 / 영업 031-955-3399 · 편집 031-955-3400
홈페이지 / www.changbi.com
전자우편 / lit@changbi.com

ⓒ 오선영 2021
ISBN 978-89-364-3867-8 03810

* 본 사업은 2021년 부산광역시, 부산문화재단 〈부산문화예술지원사업〉으로
  지원을 받았습니다.